ぼくは青くて透明で

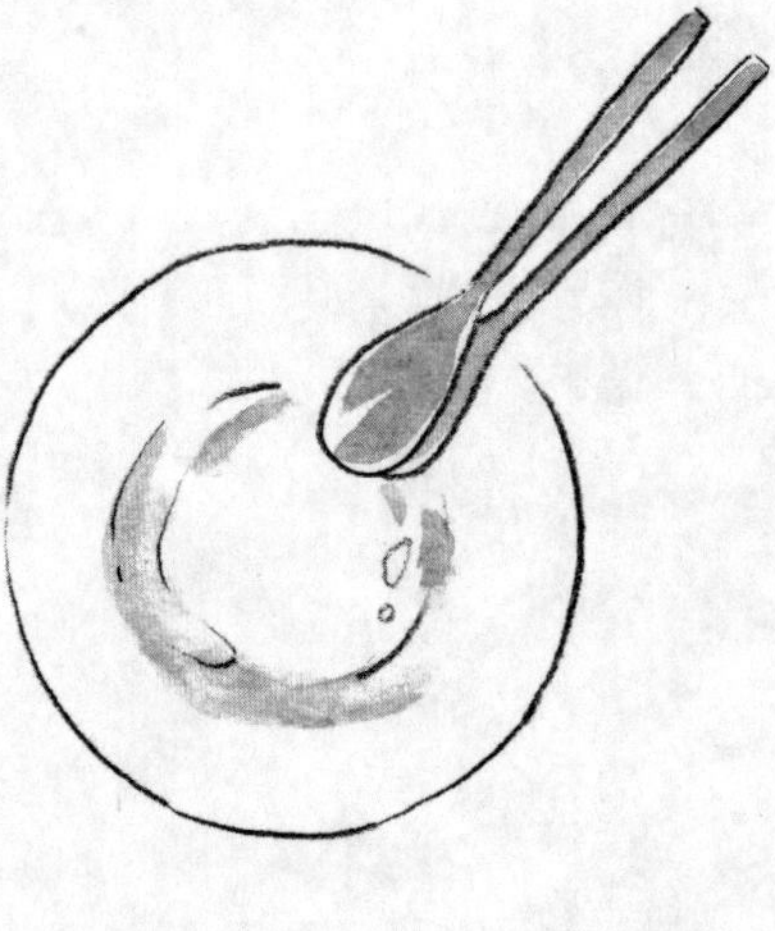

窪美澄
Kubo Misumi

文藝春秋

目次

装画　水元さきの
装丁　大久保明子

ぼくは青くて透明で

第一話　海

マスク生活いつまで続くんだろうな、と思うけれど、ぼく、この生活がそんなに嫌じゃない。

顔の半分を隠しておけるのは、ぼくにとってはありがたい。マスクによってぼくの存在感は薄くなって、透明になって、その場にいてもいなくてもいい人でいられる。

だけど、マスクで隠れていないみんなの目はいろんな感情を語っている。ぼくはマスク越しに、誰かの感情が揺れる瞬間が好きだ。明日から行く新しい学校で、ぼくはどんな感情に出会えるんだろう。そんなことを思って眠ったら、立て続けに夢を見た。

夢のなかでぼくは五歳だ。家の廊下に黄色い幼稚園の通園バッグが放り出されている。

廊下の先、玄関ドアはなぜだか開いたままで、そこに母さんの背中が見える。ウールの緑色のコート。あの頃、母さんがいつも着ていたコート。袖を触ると、ざりざりとした感触がする。母さんの向こうには雪の夜。ひっきりなしに降っている。手には重そうなトランク。ぼくが目覚めてしまったのは父さんと母さんとの諍《いさか》いの声のせい。だけど、父さんの姿は見えない。母さん、と叫ぶのだけれどうまく声が出ない。母さんは振り向かない。

何かを決めてしまった、とその背中が語っているような気がする。母さん！　というぼくの声を掻《か》き消すようにドアが音を立てて閉められる。

　次の瞬間、ぼくは美佐子《みさこ》さんの背中にいる。美佐子さんは父さんの恋人だった人で、ぼくが七歳のときにぼくの母さんになった。けれど、いつまで経っても美佐子さんのことを母さんとは呼べない。七歳のぼくの額は熱い。幼い頃、ぼくはよく高熱を出す子どもだった。父さんの姿は見えず、ぼくをおんぶした美佐子さんは夜中の町を走っている。額を撫でていく冷たい風が心地いい。自分の横を通り過ぎていく街灯が熱のせいで滲《にじ》んだように見える。「もうすぐだからね！」美佐子さんの声がする。美佐子さんの首につかまりながら、美佐子さんと母さんとはまったく違うにおいがすることに気づく。ぼくはそれが嫌じゃない。救急病院の赤いランプが見えてきた。ほっとして目を閉じる。

　目を開けると中学校の教室にいた。担任の小川《おがわ》先生が黒板の前に立っている。劣等生を集めた放課後の補習授業。アイロンが丁寧にかかった白いシャツ。その袖から伸びた太い腕。太い眉毛、その下の優しげなまなざし。ぼくの汚い字で埋められたノートを小川先生がのぞき込む。額に落ちた前髪、かすかにするコーヒーの香り。小川先生がぼくの目を見つめる。ぼくの顔が真っ赤になる。先生がぼくの手から蛍光マーカーを取り上げる。教科書に先生がマーカーで線を引く。蛍光の黄色がいつにも増して光っているみたいに見える。

　先生がぼくの顔を見てまじめな顔で何かを言っているけれど、ぼくには聞こえない。先生、先生。立ち上がり、先生の顔に自分の顔を近づける。視界いっぱいに先生のくちびるのクローズアップ。乾いて縦皺《たてじわ》の寄ったくちびる。ぼくは先生のほうに顔を傾ける。したくてもできなかったこと……。

　スマホのアラームがぼくを現実に戻す。いいところだったのに！　そう思いながらアラームを止める。もう一度ベッドに仰向けになる。かすかに黴臭《かびくさ》い四畳半のドアの向こうに美佐子さんが動く音がする。ぼくは高校一年で夏休みにこの町に引っ越してきた。まだ一カ月も経っていない。幼いときには父さんと母さんがいたけれど、母さんが家を出て、そして父さんもぼくのそばからいなくなり、ぼくは今、血の繋がらない美佐子さんと二人で暮らしている。世間で言う「普通」とかけ離れていることはわかってる。でも美佐子さんがぼくの唯一の家族であることは間違いない。

　Tシャツにパンツだけで寝ていたぼくは前の学校のジャージを慌てて穿《は》きドアを開けた。よれたTシャツにデニム姿の美佐子さんが振り返る。

「学校、やだね」いきなり真顔で美佐子さんが言ったのでぼくは吹きだしてしまった。

「やだよ、学校」そう言いながら、ぼくは冷蔵庫の扉を開けて牛乳パックと卵を取り出す。

「仕事、やだな」美佐子さんが暗い顔で言う。

「休んじゃえば」ぼくは美佐子さんの隣に立ち、ボウルの中に卵を割りながら言う。

「生活かかってるから、ははは」美佐子さんは眉毛を八の字にして情けない顔で笑う。

「ぼくも今日バイトだから」ぼくは温まったフライパンの中にバターを溶かし、卵を流し入れる。

「まあ、だけど、あれよ、海《かい》は、無理にすることもないんだよ」

「生活かかってるから、ははは」ぼくは美佐子さんの真似をして、眉毛を思いきり下げて言う。

「宝くじあたらないかなあ！」そう言いながら、美佐子さんは立ったままコップのミルクをごくごくと飲んだ。口のまわりに白いひげができている。ぼくより時々子どもだな、と思う。美佐子さんとの生活はもう十年くらいになる。美佐子さんがいなければ、ぼくは児童養護施設にいたのかもしれない。美佐子さんがぼくの本当の父や母のようにぼくを置き去りにせず、いっしょに暮らしてくれることをありがたく思う。でも、いつか、この生活も終わりにするべきだ。美佐子さんを自由にしてあげないといけない。この生活が終わりを迎えたら、こうして美佐子さんと並んでキッチンに立っているこの瞬間のことも、いつかくり返し夢に見るのかもしれない。

「行ってきます」朝食を済ませ、制服に着替えたぼくに美佐子さんが慌てて言う。

「マスク、マスク！」そうだった。これで転校初日のぼくの存在もあまり目立たないはず。

「じゃ」と出ていこうとすると、美佐子さんが目を細めて「気を付けて！」とまるで小さな子どもにそうするように言う。アパートの階段を下りて、学校に向かう。アパートは坂の上にあって、坂を下りきると湖、そのそばに大きな神社がある。高校はその坂の途中だ。坂を下りるにつれ、同じ制服を着た生徒たちが増えていく。

ぼくと美佐子さんがこの町に引っ越してきたのは、前の町で美佐子さんが失業したからだ。ぼくと暮らし始めてからずっと勤めていた印刷会社が倒産した。同じ県内だけれど県境に近い、ここよりもっと小さな町だった。美佐子さんとぼくとの暮らしは決して裕福ではない。美佐子さんが仕事を掛け持ちすればぼくら二人の生活は成り立ちそうではあったけれど、コロナのせいで働き口はゼロになった。仕事を求めてやって来たこの町は、大きな大学はあるし、東京からもそれほど遠くはないし、あの県境の町よりも働き口はあった。

せっかく入った高校を辞めて、また違う高校に入り直す、というのは、正直めんどくさい。でも、あの町に一人残って生活するという選択肢はまだぼくにはなかった。早く美佐子さんを自由にしてあげたいけれど、それはまだ先のことだ。

正直なところ、高校は行かなくてもいいか、と思っていた。刑務所みたいな（入ったことはないけれど！）素っ気ない建物も、時間どおりに教室に押し込められることもぼくにはもう耐えられそうもなかった。だからあんまりよく考えもせず、中学を出て働きたいと言ったときには普段は滅多に声を荒らげることのない美佐子さんが腕を振り回して怒った。働きたい、と言ってもやりたいことが具体的にあったわけでもない。美佐子さんだけでなく、小川先生に高校だけは出ておけ、と言われたことも大きかった。小川先生の補習のおかげか、転入試験でも、この町では二番目に頭のいい学校に受かってしまったのは予想外だったけれど。

今日からぼくはそこに通う。でも、学校が変わってもぼくの存在は変わらない。空気みたいな羽田《はだ》君。前の学校だって、ぼくが転校したことに気づいていない人も多いんじゃないだろうか。でも、それでいいんだ。空気みたいな羽田君で誰にも深入りはしない。

先生に促されて黒板の前でいちおう自己紹介はしたけれど、ぼくのことを見ている生徒はあんまりいないみたいだった。自己紹介が終わると先生がぼくの前髪をいきなりつかんだ。ぼくは驚いて、その手を振り払おうとして首を大きく振った。

「長すぎるな。切れ」先生は表情ひとつ変えずにそう言う。前髪なんてどうでもいい。だけど、こんなふうに命令されるのは好きじゃない。そんなことを思っているぼくの目なんて、先生は見ちゃいなかった。どんどん次に進んでしまう。

「君の席はいちばん後ろ。わからないことはホームルーム委員長に聞いて。長岡《ながおか》」

教室の真ん中あたりに座っていた生徒がひょろっと長い腕を上げた。

「昼休みにでも学校の中を案内してやってな」

「はい」

長岡、と呼ばれた生徒は黒縁の眼鏡《めがね》をかけていて、おそろしくなで肩だった。だけど、肩や腕の筋肉の付き方からして何かのスポーツをやっているのだろう、という気がした。マスクの上、眼鏡の奥の目はぼくではなく、先生の顔を見ている。ぼくは長岡と呼ばれた生徒に軽く頭を下げて教室のいちばん後ろの席に座った。

一時間目は数学で、その授業の進み方の速さにびっくりした。長岡が先生に指名されて黒板の前に立つと、コツコツと音を立てながら、チョークを黒板に走らせる。あっという間に問題を解いてしまって、いけすかないやつだと思った。

一時間目に授業を受けただけで、ぼくは早くも勉強から遠く離れることに決めた。落第は美佐子さんに迷惑がかかるからしない。だけど、落第しない程度の成績と出席日数でなんとか高校生活をやり過ごそう。

「羽田……君?」振り返ると眼鏡のホームルーム委員長、長岡がいた。

息が詰まるような午前中の授業が終わって、階段を一段飛ばしで上がっているときだった。ぼくは朝に作ったサンドイッチの入った紙袋を手に、教室を出て屋上に向かっていた。前の学校では屋上で一人で食べるのがいつものことだった。慣れてしまえば別に寂しくなんかない。

「どこ行くの?」

「屋上」

「入れないよ」

「まじ⁉」思わず裏返った声が出てしまった。

「鍵かかってるから」

「……」じゃあ、どこで昼飯を食べればいいのか。

「先に学校のこと案内しておきたいんだけど」

先生から言われたことを一刻も早く終わらせたいという口調だった。

「だいたい、わかるから。大丈夫だよ」

「そういうわけにはいかないんだよ」眼鏡の奥の目がむっとしているのがわかった。ゆっくりと階段を下りて長岡に近づいた。座っているときには気がつかなかったけれど、長岡はぼくと同じくらい背が高い。高校一年なら十分すぎる高さだ。

「ごめんごめん。そんなに怒らないでよ。じゃあ、案内してくれる？」

そう言うと長岡は仕方ないなあ、と言いたげな目で軽く頷き、ぼくの前に立って歩き出した。長岡の背中を見ながらぼくも歩き出す。

「ここが体育館」

「ふうん」どこにでもありそうな古い体育館だった。実験室、美術室も、どこも前の学校とさほど変わらない。再び一階に戻り保健室の前まで来たとき、向こうから一人の女子が駆けて来て長岡に近づく。

「忍《しのぶ》、もう終わった？　昼ごはんまだあ？」そう言って長岡の腕をつかむ。長岡のこめかみのあたりが赤くなっている。彼女か。

「あのさ、もうだいたいわかったからここで大丈夫だよ。ありがと。……それにぼく、朝からちょっと頭も痛いんだ」そう言いながら保健室のドアを開けた。

「え、なら、先生に言わなくちゃ。先生！　船場《ふなば》先生！」

頭痛はもちろん嘘だったけれど、長岡の大声が頭に響く。

「子どもじゃないから大丈夫だから。じゃあね」そう言ってぼくは長岡の鼻先でドアを閉めようとした。不服そうな長岡の目が眼鏡の奥からぼくを見ている。それでも強引にドアを閉めた。

長岡忍、という名前がぼくの大脳皮質に刻まれた。この学校ではじめて名前を覚えた生徒になる。忍という名前が長岡にとっても合ってる気がした。優等生で何かスポーツをしていて、彼女もいる。そんな長岡忍とぼくの人生が交わることはないだろう。ふとそう思った。

「先生、ぼく、今日から転校してきたんですけど、頭が痛いんです。午後の授業が始まるまで少し横になっていてもいいですか？」そんな言葉がつるつると口から飛び出した。

学校の中で屋上と保健室はぼくにとって何より大事な場所だ。長岡に船場先生と呼ばれていた若い女の先生はぼくを心配し、ベッドに横になるように言った。ベッドを区切る白いカーテンを先生が閉める。ぼくは閉じられた白い空間でマスクを外した。はーーっと長いため息が出る。ベッドの上に座って、持ってきたサンドイッチを音も立てずに食べた。

窓は開け放たれていて、風でカーテンが行ったり来たりする。心安らぐ光景だ。最後のサンドイッチにかぶりついたとき、隣のベッドとの境に引かれているカーテンが大きく煽《あお》られて、ベッドに寝ている女の子が現れた。マスクをしたまま寝ている女の子の目は真っ赤だ。目の端に涙がつたって流れてる。前髪がおでこのところで一直線に切られていて、高校生じゃなくまるで幼稚園の子どもみたいだった。女の子と目が合った。

「大丈夫?」

思わずそう尋《たず》ねると女の子はひっと声をあげて、掛け布団に顔を埋め、本当に子どもみたいに泣き出した。船場先生が慌ててカーテンをめくる。

サンドイッチをくわえていたぼくは廊下にたたき出された。仕方なくぼくは校庭に出て、隅にある松の木陰に座り、汗で体にひっつくシャツを片手で剝《は》がす。

部活だろうか、それとも昼休みの遊びだろうか。幾人もの男子がサッカーボールを蹴ったり、キャッチボールをしている。いいな、いいな、と思う。仲間に入れてほしいわけじゃない。運動している男子を見るのが好きなんだ。というより、男の体の造形が好きだ。

ふくらんでいない胸や引き締まった小さなお尻。いや、体だけじゃなく男という存在が好きなんだ。それはぼくが物心つく頃からそうで。まぎれもない事実で。ぼくの恋愛対象は最初から男の子で女の子なんか入り込む隙はなかった。そのことを人に話したことはない。でも、美佐子さんはなんとなく気づいてはいると思う。

ぼくが生まれて初めて心から好きになった人は、中学の担任の小川先生だった。

中学までのぼくは他人の視線が自分をどう見るとか、そういうことにあまりに無頓着過ぎて、自分の「中身」が漏れっぱなしで、そのせいで「女の子みたい」とか「ホモ」とか言われ続けてきた。そのことで随分いじめられもしたし、傷つきもした。

あ、ぼくの「普通」は世の中の「普通」とは随分違うからだ、と気づいたのは中学も終わる頃だった。ぼくもみんなの「普通」を理解できない。みんなもぼくの「普通」を理解することは難しい。ふたつの線は交わることはない。だけど、落胆もなかった。線が交わることがないのなら、わざわざ自分の素を出して生きることもないだろう。だから、中学の卒業式の日にぼくは決めたのだ。

高校に入ったら、開封前のレトルトパウチみたいに封をしっかり閉じて、男性が好きという自分の「中身」が漏れ出さないように生きていく。

誰かにこのことを話すつもりはないし、何でも話せる友人が今までいたこともなかったし、これからそんな友人ができたらいいなとは思うけれど、期待はしていない。ぼくはみんなの「普通」にあれこれ言わない。だから、ぼくの「普通」にもあれこれ言ってほしくない。ただそれだけ。早く学校が終わらないかな、と思う。本当はこのままサボってしまいたかったけれど、転校早々目立つのも嫌だった。早くバイトに行きたい。早く宗輔《そうすけ》さんに逢いたい。宗輔さんはぼくが今、好きな人で、でも宗輔さんには彼女がいる。そのことを思うと、胸のあたりに痛みが走る。

授業が終わると学校を飛び出してバイト先に向かった。

美佐子さんは、昼間は産直野菜を全国に発送している会社、夜はケーキ工場で働いている。そんなに働いてもぼくと美佐子さんとの生活はかつかつだった。できるだけ美佐子さんに負担はかけたくない。美佐子さんはバイトなんかしないで勉強をしろ、と言うけれど、ぼくは勉強なんかに時間もお金もかけたくはなかった。だから、この町に来てまず決めたのはバイト先だった。転校先の学校は原則バイト禁止だけど、そんな規則を守っている余裕はない。高校よりも大事なことだった。夏休みの間は週六日だったけれど、今日からは週に五日、学校が終わってから夜七時まで。

高校から少し離れた大学そば、駅裏にある古い喫茶店。バイトのあと、まかないが出るのがありがたかった。もっぱら店にやって来るのは、大学生か地元のおじいさんやおばあさんで、とりすましたところのない、いい店だ。ぼくは前に住んでいた町でも喫茶店で働いていたからすぐに採用は決まった。いずれはキッチンを任せるけれど、最初のうちはホール係ということになった。長すぎるエプロンの紐をキュッと結んで、テーブルの上の食器やグラスを片付ける。カウンターの上に置き、宗輔さんに「お願いします」と渡す。「ん」と言いながら、宗輔さんのまくり上げた袖から剝き出しの腕が伸びる。ぼくは伸びすぎた前髪の隙から、宗輔さんの伏し目がちな瞳を見る。宗輔さんは学生ではない。簡単に言えばフリーターなんだけど、滅多に店には来ない店長の代わりに店の仕事を仕切っていた。年齢は二十代後半だろうか。中学のときの小川先生にどこか似ている。

平日のバイトは宗輔さんのほかに、大学生一人とぼくが入ることになっている。店がそれほど忙しくはないとき、宗輔さんはぼくだけに店で出す料理の作り方を教えてくれる。それがぼくの誇りでもあった（大学生はいじわるな目でぼくを見るけど）。この店の人気メニューのオムレツもホットサンドもぼくはもう作ることができる。小さな頃から料理は好きだったし、今だって朝食も昼食のお弁当もぼくが作っている。料理は数学みたいだし、化学みたいなところもあるし、よっぽど勉強よりも身になった。

宗輔さんがぼくをキッチンに呼んだ。宗輔さんはぼくを「海」と呼ぶ。バイトに入ったときからそうだ。大学生はふてくされて漫画を読んでる。

「プリン教えるから」そう言うとボウルの中に卵を片手で割り入れた。とくん、とぼくの胸が鳴る。宗輔さんが諳《そら》んじた材料と要点をスマホにメモし、宗輔さんに言われたように、牛乳をひと肌に温めたり、オーブンを予熱したりした。

「勘がいいな」ぼくの手つきを見て宗輔さんが言う。ぼくの耳が赤くなる。

「学校どうだった?」

「……前髪が長いって。切れって、先生に言われました」

ぷっと吹き出しながら、宗輔さんが指でぼくの前髪をそっと挟む。

「確かに長いかもな。あとで切ってやろっか」

「い、いや。自分で切ります。大丈夫です」声が震えてないか心配した。鼓動《こどう》が宗輔さんにも聞こえてしまいそう。バイトで会うたび思う。ぼくは宗輔さんが好きなんだ。それは、ただの好き、ではなく恋だと思う。美佐子さんが好き、とかそういう気持ちとはまったく違うもの。小川先生が好きだったときの気持ちと同じ。でも、宗輔さんにとって、ぼくはバイトの高校生で、歳の離れた弟のようなもので、それが恋愛感情になることはない。それはわかってる。宗輔さんには一緒に暮らす彼女がいるし。町の雑貨店に勤める人で、初対面のぼくをいきなり、海、なんて呼ぶような気さくだけど雑な人。その距離感の近さがつらくなってきて、つれー、ぼく、つれー、と思いながら、お湯を張り、プリン容器を並べた天板をそっとオーブンの中に入れる。

「百五十度で四十分蒸し焼きな」

「はい」

カランとドアチャイムの音がした。ぼくの高校の制服を着た女の子だった。その顔に、というか、その短すぎる前髪には見覚えがある。保健室のベッドで泣いていた女の子だった。お互い、ぎょっとした顔で相手を見る。それでも素知らぬ顔でぼくはグラスの水を持っていった。女の子に近づいてぼくは言った。

「ここに寄り道してることなんて先生にちくったりしないから」

「……わ、私もあなたがバイトしていること、先生に言ったりしない。あ……ココアください」

「はい」

テーブルから遠ざかろうとすると彼女が言った。

「……あ、あの……あなた、B組に転校してきた人?」

「うん、今日から」

「気をつけてね」

「えっ、何を?」

「あそこはなかなかしんどいってこと」そう言ったきり彼女は黙ってしまう。

「君もB組?」うん、と彼女が頷く。

「そっか、じゃあ、同じクラス。ぼくは、海って書いて、かい、って言うんだ」

「私は瑠璃《るり》の璃に子と書いて、りこ」

「なにがしんどいの?」

「もう、あなたの、うん、海君のこと、クラスのグループLINEで話題になってる」

そう言って璃子は手にしていた携帯を振って見せた。

「……ふーん」またか、早いな、と思った。中学のときと同じだ。

「ぼくの動作とか話し方が女っぽいとか?」

「……」あまりに図星だったのか、璃子があんぐりと口を開いている。その口に丸めたティッシュでも突っ込みたい気持ちになった。

「だいたいそんなとこでしょ?」

カクカクとロボットみたいにぎこちなく璃子が頷く。

「誰かが見たぼくの姿はそう見えるんだろうし。別にいいんだぼく。あ、もう少ししたらプリンが焼き上がるよ。食べていったら。じゃ」

璃子はまた保健室のときみたいな泣きそうな顔をしているけれど、知ったことか、と思った。時々、ぼくのなかにいじわるの虫が湧く。ぼくが嫌いなぼくの一部。

それでも、やっぱり璃子には何か言ってあげたくて、ココアを持っていくときに「明日、また学校でね」と言ったら璃子の目にぶわっと涙が浮かんだ。よく泣く子だ。

ぼくが家に着いても、美佐子さんが帰ってくるのはもっと夜遅くだ。一人で過ごす夜の長さにもう慣れてしまった。ぼくは洗面所に立って、前髪にザクザクと鋏《はさみ》を入れた。何かポリシーがあって伸ばしているわけでもないので、前髪が長いか短いかなんてぼくにとってはどうでもいいことだった。それでもちょっと短く切りすぎてしまって、ふと、璃子のことが頭に浮かんだ。明日、彼女は学校に、B組に来るだろうか?

翌日、教室に入ると誰かがぼくの顔を見て笑った。前髪を短く切りすぎたせいかもしれない。ぼくの顔を見てぎょっとして、すぐにスマホを手にするやつもいた。ぼくが知らないクラスのグループLINEで早速話題になっているんだろう。くだらない、と思った。でも、ここで目立つわけにはいかない。昨日の優等生、忍はぼくの斜め前に座っていて、ぼくの顔を見ると肩を揺らして笑った。ぼくは古びた消しゴムを千切って気づかれないように忍の背中に投げた。

昨日と同じように気配を消して過ごしたけれど、転校生に興味を示す、という生徒はどこにでもいる。ぼくがその日、自分で作ったサンドイッチを食べていると、数人の女子たちが「いっしょに食べない?」と机をくっつけてきた。みんな表面上はにこにこと笑っているけれど、この中にいる子だって、グループLINEにぼくの悪口を書いているかもしれないんだよな、と思うと笑顔がギクシャクする。今日、こうしてお昼をいっしょに食べているのもぼくを探るためかな、なんて。

教室の中を見回しても璃子はいなかった。

「ぼく、ちょっとおなかの調子が悪いから保健室で薬もらってくるね」そう言って立ち上がると、そばにいた女子が「ついていこうか?」と言ってくれたけど、丁重にお断りして席を立った。人いきれでむっとする教室を出て保健室に向かった。

その手前の体育館から男子たちの声がした。体育館に暗幕が張られ、卓球台が置かれていた。ユニフォーム姿の男子たちが対戦している。卓球って激しいスポーツなんだなあ。太腿なんて、ぼくのおなかまわりくらい太くて筋肉質だ。踏み出すときのシューズが床に擦れるキュッという音が耳に小気味よかった。端のほうで体育館のなかでいちばんスピーディーに動いているのは、あれは忍だ。へえええっ、とぼくは忍を見た。正直に言えばかっこよかった。汗が飛び散る。マスクをしたままで苦しくないのかな、と思うけれど、マスク越しに聞こえる、うっ、とか、はっ、という声がなんというか、色っぽい。

ぼくの視線に気づいたのか、忍は動きをとめてぼくに近づいてきて言った。

「部活まだ決めてないのなら、卓球やらない? なんか羽田君、腕も長いし」そう言いながら、額に汗を浮かべた忍が無遠慮にぼくの腕を見る。ぼくは慌ててその視線を振り払うようにわざと大きな声で言った。

「まさか。運動なんてまったくだめなんだよ。うちは母子家庭だから部活やってる暇なんかないの。バイトが忙しくて。……あ、これは先生に言わないでね」

「……ん、わかった」忍が神妙な顔で頷く。本当のことを言ってるだけなのに、なぜだか忍を騙《だま》しているような気になった。シャレがきかない人間だ。ぼくは忍のことをそう理解した。忍の視線がぼくの前髪にとどまる。忍はまたおなかを抱えて笑った。騙してる気になった、なんて損した。だけど、意外と話しやすい、かも？

「その前髪……うちのおじさんが床屋だから言ってくれたら頼んであげたのに」

「前髪なんていつか伸びるからどうでもいいんだよ」むきになって言った。

「羽田君、足は速い？」

「亀並みに速いよ」

「十月に湖のまわりを走る駅伝。クラス対抗のがあるんだけど」

いやだなあああああああそういうの。ぼくは心の底から思った。体育祭とか球技大会とか本当にそういうものが大嫌いだった。きっと璃子も嫌いだろうな。

「で、その練習が明日の朝からあるんだけど、クラスの士気を高めるために、全員参加なんだ」

「……本気で言ってる？」

「出ないやつがいるとさあ、まわりのみんなのやる気が下がるから」

全員、みんな……最後まで聞き終えないうちにぼくはもう心底うんざりしていた。こんなやつと気が合うわけがない。さっき、かっこいいなんてちょっとでも思った自分をぶん殴りたい。それでも忍の目は真剣で、その目を見ていたらなんだかちょっと悲しくなった。

飼い主のどんな言いつけでも従順に守る柴犬みたいな目をしていたからだ。忍がなんだか哀れにも思えてしまった。

「……できるだけ、出るよ」思わずそう言うと、マスクの上の忍の目が輝いた。

「やった！」忍はぼくに抱きつきそうな勢いで喜んでいる。ぼくがそそくさと体育館を出ると、忍が「絶対に来いよな！　待ってるから」と背中に声をかける。ぼくは振り向きもせずに、腕を上げて、手を振った。


「なんとか言いなよ」

「黙ったままでほんとはあたしたちのことバカにしてんでしょ」

体育館を出ると、水飲み場のあたりに女子がたむろしていて、その真ん中に璃子がいた。うなだれて地面を見ている。どう見ても仲のいい友だち同士が親交を深めてるって感じじゃなかった。一人の女子が璃子の肩のあたりを小突いた。あっ、と思う間もなくぼくはその集団に近づいていた。近づきながら、明日から璃子の代わりにぼくが標的になるってこともわかっていた。女子全員がなんだこいつ、という目でぼくを見ている。目立たないようにしようと思っていたのに……。

「行こ」ぼくは璃子の腕をとって駆けだした。外廊下から学校の中に入り、階段を駆け上がり、屋上に続く踊り場に出る。璃子を階段に座らせ、階段の下を見た。女子たちが追いかけてくる気配はない。璃子が泣く。子どもみたいに泣く。

「どういうわけで？」少し落ち着いてきた璃子に、さっきの訳を尋ねた。

「もうずっといじめられてんの。私がいるとクラス対抗駅伝の足を引っ張るって。昼休みに毎日特訓してやるって」

「ばかばかしっ」ぼくは吐き捨てるように言った。

「……ばかばかしいって言えるのも海君が転校生だからだよ。……なんで私、この学校に来ちゃったんだろう……」そう言って璃子はまた泣いた。ぼくはどうすることもできずに、璃子の隣に座り、その小さな頭に手を置いて撫でた。何を言っても璃子はまた泣くだろうと思ったからだ。


「いったい何事⁉」

忍にああ言われた手前、一回くらいは駅伝の練習に出ておこうと、いつもより早く家を出た。美佐子さんは目を丸くしたけれど、説明する気力もなかったので、「クラスの行事の準備……」とだけ言った。「熱でもあるの⁉」と言われたけれど、「ないない大丈夫」と笑いながらドアを閉めた。

教室に入っていくと、忍がぼくの顔を見てちょっと安心したように目で笑った。璃子を探したけれど姿は見えない。

教室の様子が昨日とは微妙に違った。昨日、昼休みに話しかけてくれた女子たちもわざと視界にぼくを入れないようにしているみたい。やっぱり、いじめの矛先がぼくに来たんだな、と改めて思った。だけど、その覚悟は転校する前からあったたし、璃子が標的になるよりもいい。

駅伝の練習といったって、校庭のグラウンドをただ走るだけだった。体操服に着替え、その輪に加わった。この町は、前に住んでいた町よりもずっと気温が低いし、走っていると、肺のあたりが入ってくる空気の冷たさできゅっと縮むような気がする。クラスの先頭にいるのは忍で、時々、後ろを振り返っては、「腕、もっと後ろに引いて!」「歩幅広げて!」などとみんなに声をかけている。ご苦労さま、と思いながら、ぼくは走った。

自分でもわかっているけれど、ぼくの走り方はほかの男子と随分違う。腕や足に力をこめて地面を踏んで前に進むというよりは、どうしても腕で空気をかき分けて宙を小さくジャンプするみたいな走り方になってしまう。中学の頃は「女みてえ」と言われ続け、今も追い越してゆく生徒たちが振り返ってぼくを見て笑う。「中身」が漏れないように生きているけれど、生まれつきの運動神経のせいか、「男らしく」走ることができない。それでも、こんな風にしか走れないんだからほっとけよ、と思いながらぼくは走った。一度は練習に出たのだ。忍に言われたことはもう果たせたはずだ。ぼくは脇腹が痛くならない程度にゆっくり走った。

放課後、忍が「明日も練習遅れないように!」と声を張り上げている。なんだってあの人はああなんだろうな。まったくもって理解不能。幾人かの生徒がぼくを見て、それから何か目配せをしてる。ぼくに関する話題で(それは多分ぼくの特徴的な走り方のこと)今日もクラスのグループLINEは盛り上がるのだろう。

校門を出てぼくはマスクを顎《あご》まで下ろして深く息を吸った。教室の空気が薄く感じて息苦しい。自分に対するいじめが始まりそうになるといつもそうだ。転校してきてからあっという間だったな、と思いながら、ぼくはますます自分の「中身」が零《こぼ》れないように過ごすことを心に決め、坂を下りながら、バイト先に続く道を歩いた。坂を下りるにつれ、左手にでっかい湖が見えてくる。ここから見るとまるで海みたい。駅伝はこの湖のまわりを走るのか、と思ったら途端に憂鬱《ゆううつ》になったので、駅伝のことは考えないことにした。この湖は冬になると凍ることもあるんだって。穏やかな水面を見ながら、ここが凍ったらスケートができるだろうか、と思った。宗輔さんと手を繋いで滑るスケートの妄想はぼくを楽しくさせた。

「海君! 海君!」背中のほうから声がして振り返ると璃子がいた。こちらに走って近づいてくる。短い前髪が風でひっくりかえっておでこが丸出しだ。アニメに出てくる幼児みたいだなあ、と思う。璃子がぼくの前で止まる。肩で息をしてる。今日は一日中、教室で璃子を見なかった。保健室にいたんだろう。璃子がぼくに尋ねる。

「今日、出たの？　練習」

「もう明日は出ないよ。ばっかばかしいからさ。長岡に頼まれたから一回だけだよ」

「あのさ……これ、私の携帯に送られてきたの」

璃子がおずおずとスマホを差し出し、画像を拡大して見せてくれる。昨日の、ぼくが璃子の頭を撫でている写真。誰が撮ったのか、謎すぎた。

「ふえっ」変なところから変な声が出た。そのとき、思わず制服のポケットに手を突っ込むと、何かが入っていることに気がついた。つまんで取り出す。四つ折りに畳まれた紙だった。広げると別の写真が目に入った。

「ばっかばかしい！」紙を丸めて湖のほうに投げたが、風の勢いで戻ってきてしまった。それを追いかけて、もう一回ぎゅっと固く丸めた。いらいらしてぼくは璃子の手にあった携帯をつかんだ。スマホを湖に投げるみたいに腕を振り上げると、「やめて！」璃子が慌ててぼくの腕をつかむ。

「本気で捨てないって、こんなに高いもの。それに璃子のだし。ははは」と笑ったつもりだったけど、なんだかうまく笑えなかった。璃子はまた泣きそうな顔になっている。璃子をいじめた気持ちになって、思わず「ごめん……」とあやまった。ほっとした顔で璃子がぼくの腕から手を離す。

こんな様子も誰かが見れば、クラスでいじめの標的にしてもいい、と認められた二人がいちゃついているようにしか見えないのだろう。

「だけどさ……なんか海君は強いね」

「ほんとに……そう思ってる?」

「……ごめん」と言ったのは、今度は璃子のほうだった。

璃子の眉毛はいつかの美佐子さんみたいに八の字に下がっていた。ぴゅっと風が吹いて、もうそこには冬の成分が濃厚に混じっていて、ぼくは身震いしながら言った。

「バイト先でココア、ごちそうするよ」そう言うとやっと璃子の目が笑った。ぼくが走ると、璃子がおでこ全開で、慌ててついて来る。ぼくには妹がいないけど、もし妹がいたらこんなかな、と思った。同級生だけど。ぼくは坂を転げるように下った。


バイトを終えて夜遅くまでやっている駅前のスーパーに寄ったときのことだった。大手予備校の出入口からたくさんの生徒が吐き出されてくる。そのなかの一人がぼくの目を見て手を上げた。忍だった。

一緒に歩くつもりも帰るつもりもなかったけれど、忍の家も同じ方向なのか、ぼくらは並んで坂を上った。ほかの生徒はどんどん減っていき、ぼくと忍だけが道なりに歩いた。

ぼくのエコバッグから青ネギが飛び出している。それを見て忍が目で笑ったような気がした。

「笑うなよ。明日の味噌汁に入れるんだから」

「ごめん……飯、自分で作るんだ？」

「朝も昼も作るよ。美佐子さんは、あ、ええとぼくの母さんは仕事が忙しいからね」

バイトで疲れきっていて美佐子さんとぼくとの関係を、忍に話す心の余裕もなかった。

「……持とうかそれ」しばらく黙っていた忍が口を開く。

「重いからいいよ」

「いや、持つから」

軽い言い合いみたいになって一瞬どちらの手からもエコバッグが離れ、いくつかの中身が路上に散らばる。きゅうりやレモンを慌ててバッグに入れたが、林檎は間に合わなかった。赤い林檎が三つ、坂道を転がり落ちていく。ぼくと忍は荷物をそこに置いて慌てて林檎を追いかけた。忍の足のほうがやっぱり速くて、腕のなかに三つの林檎を収めてぼくのほうに戻って来た。息苦しいのか、マスクを顎まで下げて荒い息をしている。そのときぼくは初めて忍の顔をはっきり見たような気がした。皮膚は白く薄い。伏し目がちの瞼《まぶた》には細い血管が透けて見えている。主張が控えめな鼻、その下のくちびるは乾いてかさかさしていた。そのそばにある小さなほくろが、肌の白さをより際立たせている。嫌いな顔じゃないな、と思うのと同時に、もてるんだろうなとも思った。

「ありがとう」とぼくが言うと、「ん」と林檎を手渡してくれた。そのときふと、忍の指先がぼくの手に触れた。熱い。外はこんなに寒いのに、そんなに全速力で走らせたかと思うと気がとがめた。

「ごめんな」と言うと、忍の目のあたりが赤く染まった。暗闇のなかでもそれははっきりと見えた。

「塾、大変なんだね。部活も駅伝の練習もあるのに」

「……頑張らなくちゃいけないんだ」

「……ちょっとくらいサボってもいいんじゃないの？」

「……」

「これ、やるよ」と林檎を一個渡すと、忍は幾度もいらない、と首を振ったけれど、最後にはぼくの言葉に根負けして受けとってくれた。忍はその林檎をまるで大事な宝物みたいにデイパックにしまった。次の曲がり道で忍は「じゃあな」と手を振った。街灯が忍の顔に暗い影を落としている。その顔は忍を随分と年齢が上の少年に見せていた。ぼくは少しの間、立ち止まり、忍の背中を見送った。あの背中のデイパックに入っている赤い林檎を全速力で取りに行ってくれたんだな、と思うと、忍の慌てぶりがおかしくて、ぼくは暗闇のなかで一人声を出さずに笑った。

「なんでこないんだよ⁉」

翌日から何度も忍に言われたけれど、ぼくはもう駅伝の練習に出るつもりはなかった。クラスの士気だかなんだかが下がろうとぼくにはどうでもいいことだ。本番も休んでやる、と思ったけれど、人数合わせのために男子は一人でも欠けたらだめらしかった。それを知って心底うんざりした。でも、とにかく決められた区間を走って（歩いたっていいや）次のやつにタスキを渡せばいいんだ、と心に決めた。

当日、璃子はいなかった。あいつう、ずっる、と思った自分がどこかクラスの「一員」みたいだなと思うとちょっと嫌になった。たかだか駅伝に出るくらいで。

幸いなことにぼくの走る区間は湖の山際で、応援する生徒も先生も沿道にはいなかったから、気兼ねなく自分のペースで走れると思ってほっとした。ぼくの前は忍だった。タスキを渡されたら、ただ次の中継地点に向かえばいい。ほかのクラスの生徒たちと待っていると、坂の向こうから忍が見えてきた。結構なペースで飛ばしてる。何をそんなに一生懸命に、と思ったら、ぼくはなんだかまた悲しいのだった。

忍が信じている世界——。クラスのみんなが同じ気持ちになれると忍は信じてる。自分じゃなくて誰かの評価で、みんなの「普通」が同じもので成り立つ世界。「普通」の価値観は、常に揺らいでいるはずなのに、みんな、なぜかそのことに気がつかない……。

そのとき、忍が派手に転んだ。何かにつまずいた、というより、足がもつれたみたいな転び方だった。すぐに立ち上がったけれど、膝のあたりに血が滲んで左足を引きずっている。それでも忍は足を引きずってこちらに歩いて来る。

「おいおいおいおいおいおい。ちょっと大丈夫？」

忍の目が痛みに歪《ゆが》んでいる。慌てて走って行って手を貸すと、忍はその場にしゃがみ込んでしまった。

「これ持って走って」

忍がタスキを外してぼくに渡す。

「今、それが大事なことーーーーーー⁉」

痛みにひどく顔を歪めている忍をここに置いていくわけにもいかない。ぼくは咄嗟《とっさ》に忍の前に背を見せてしゃがんだ。

「待ってれば先生来るかもしんないけど、いつになるかわかんないでしょ、乗ってほら」

そう言って待っているのに忍はいつまでもぼくの背中に乗らない。ぼくの背中は汚れた場所じゃないのに。

「早くしろって！」

ぼくは思わず怒鳴っていた。そんな声を出したのは生まれて初めてかもしれない。

忍がおずおずと背中に乗る。首に遠慮がちに手を回す。忍の体の重さが腰にずしっと来た。重さが腰にめりこむよう。それでもぼくは前に進んだ。ぺたんとした忍の胸がぼくの背中に重なっていて、それはまるでふたつのスプーンを同じ方向に重ねたみたい。ぼくはやっぱり男の体が好きだと思った。首筋に温かい忍の息が触れたような気がした。背中の忍が泣いているのかな、と思ったら怖くて振り向くことができなかった。

ぼくら二人を数人の生徒が追い越していく。

「もう大丈夫」ずるりと忍がぼくの背中から下りる。あたりにはもう誰もいなかった。背中が急に寒くなった。忍の眼鏡が曇ってる。その奥の目はやっぱり赤い。プライドが傷ついたとか、自分がふがいない、とか。そんなことを思っているんだろうか。忍の頭のなかなんて想像がつかなかった。世界はもっと広いよ、とか、そんなこと気にすんなよ、とか。何か言ってあげたかったけれど、どの言葉も違うような気がした。上手いことを上手い言葉で上手く伝えられる自信もなかった。頭のなかはごちゃごちゃしていたけれど、考えるよりぼくの動きのほうが早かった。

自分のマスクを顎までずらし、それから、忍のマスクをずらして、その頬にくちびるをつけた。忍の目はどんぐりみたいになって、ぼくの体を強く押し返す。それでもぼくはもう一度忍に近づいて、そのくちびるにほんの一瞬だけ触れた。好きだとか、愛してる、とかの意味のキスではなく、忍に元気を出してほしかったし、何よりそのとき、忍に触れたかった。嫌われ者のぼくにキスされたって忍の元気は出ないかもしれないけど、忍のことを気にかけている人間がここにいる、と忍に知ってほしかった。あれだけ「中身」が零れないようにと思っていたのに……。だけど、我慢ができなかった。

　忍は呆然と立ち尽くしたまま、ぼくを指さして金魚みたいに口をパクパクさせている。

忍にその気がないのに、くちびるにまで触れたのはちょっと加害者みたいだな、と思った。

　そのとき、「おーーーーい！」と遠くのほうから先生の声と車の音がした。赤い軽自動車が近づいてきて、ぼくらのそばで停まった。

「長岡、足挫《くじ》いたみたいで」そう言うと、「じゃあ、乗れ。おまえは最後まで走れよ」と言いながら助手席のドアを開ける。

　忍を乗せた車は見る見るうちに小さくなっていく。ぼくはさっきの忍のくちびるの感触を思い出しながら、ほとんど歩くスピードで走った。それはぼくにとっても初めてのキスで、本当なら、本当に好きな人とするべきなんだろうけれど……じゃあ、忍のことが嫌いか、っていうと……。ぼくの頭が混乱し始める。

　嫌いな人のくちびるに触れたいなんて思うわけない。ということはぼくは少なからず忍に好意を持っているわけで……でも、そんなものいつぼくの心のなかで生まれた？

　中継地点で待っていた同じクラスの男子が腕を振り回して怒ってるのが目に入る。

「おめえ、何ゆっくり走ってんだよお！」ぼくからタスキを奪うと、猛スピードで走り出した。だけど彼の頑張りは無駄に終わった。ぼくのクラスは学年最下位だった。もちろん、それはぼくのせい、ということになっていて。教室に入ると、みんながぼくを睨んだ。

「おまえのせいだぞ！」「戦犯羽田！」なんて声も飛んだ。だけどぼくは反論せずにトイレに立った。忍は「違う、違う、僕が途中で足を挫いたからなんだ。羽田は悪くない」と言ってくれたけど、頭のなかはそれどころじゃなかったし、そんなの大火事にスプーンの水で火消しをするようなものだった。

「長岡君は悪くない！」忍の声も一人の女子の大声にかき消された。なんだか安っぽい芝居じみたそのやりとりに、ぼくは心底うんざりしていた。みんながぼくを悪者にしたいのなら、それでいい。そうすることでクラスの「士気」が上がるんなら。

その日から、ぼくの机やポケットや下駄箱には、ぼくに対する罵詈《ばり》雑言《ぞうごん》を書いた紙や、趣味の悪いエロ写真を大きくプリントしたものがますます入れられるようになった。ぼくはそんな紙をよく見ずにくしゃくしゃに丸めながら、人の悪意について思いを巡らせた。ぼくが転校生だから？　ぼくが女性みたいだから？　ぼくのせいで駅伝で負けたことはきっかけにすぎず、「普通」と違う部分があれば、理由はなんでもいいんだろう、という気がした。だけど、そんな悪意の向けられ方にもぼくは慣れてしまっていた。こんなのただの時間つぶしだ。ぼくにとって最も不可解なのは、言いふらすこともなく、直接何かを言ってくることもない忍だった。

学校ではあの日以来、忍とよく目が合った。忍と目が合うと何か言いたげな目をしてぼくを一瞬見るけど、すぐに目を離す。悪いな、と思った。あの日の衝動的なぼくの行動を心からあやまりたいとも思った。でも、自分から話しかけることはできなかった。忍にとってあの日の出来事は墓場まで持って行きたい秘密だろう。忍には彼女がいるんだ。気持ち悪い、とぼくのことを思っているだろう。あの日のことは璃子にも話していない。

それでもぼくはあの日の出来事を頭のなかでくり返し再生していた。そんな自分のことが気持ち悪くて嫌だった。忍がぼくの背中に乗ったときのあたたかみ。かさかさしたくちびるの感触。どんぐりみたいに丸くなっていた茶色い瞳。思い出しては自分のどこかが、かきむしられるような気がした。

璃子は相変わらず教室にいるよりも保健室にいる時間が長くて、それでも教室にぼくがいると安心するのか、授業中は自分の机に座っている時間が少しずつ長くなっていった。バイト先にもココアを飲みに来る。時々はぼくが作ったプリンも食べた。ぼくだけでなく璃子の元にも、ぼくと璃子がつきあってるとかなんとか、そんなくだらないことを書いた紙やメールが届いていたけれど、ぼくがこんなものくだらない、と璃子の前で丸めてしまえば、それ以上気にする様子もなかった。ぼくにとっては、あの駅伝の日の出来事、忍とのことを誰かに知られて、それをいじられることのほうが嫌だった。

璃子はぼくのバイト先でよく本を読んでる。本っていってもそのほとんどがＢＬコミックだ。璃子の後ろを通ったときに見えてしまった。ぼくと宗輔さんが笑いながら話しているところを璃子が遠目に見ていることも知ってる。

　ぼくのバイトが早く終わるときには璃子といっしょに帰った。宗輔さんが「仲いいな彼女と」などと茶化すので、ぼくは「そんなんじゃないんです！」と全力で否定した。そんなぼくと宗輔さんとの様子を璃子はじっと見ている。だけど、ぼくはそんなふうに、誰かとの関係を茶化されることも、訳知り顔の璃子の視線も、璃子が読んでるＢＬも嫌い。だけど、それは璃子の大事な趣味だと思うからぼくはそれを尊重する。

　いつか、店から一緒に帰ろうとしたとき、璃子が本を鞄に入れようとして床に落としてしまったことがあった。ぼくはそれを拾い上げ、ぺらぺらとめくった。綺麗な顔をしている男の子同士のキスシーンがページいっぱいに広がっていた。あの日の、忍との出来事が頭のなかで自動再生される。

「……気持ち悪」

　思わずそう言ってしまったぼくの手から璃子が本を奪い取り、慌てて鞄のなかにしまう。マフラーを首にぐるぐる巻き、飛び出すように店の外に出た。ぼくも璃子のあとに続く。

「あ、ごめん、私、気持ち悪いよね。ごめんごめん本当に」

「違う……この本じゃなくて自分が気持ち悪い」

「えっ」

「璃子は気持ち悪くなんかないよ。この本とか、こういうのぼくはあんまり好きじゃないけど。璃子はぼくが男が好きだってこと、もう気づいてるでしょ。宗輔さん、ぼく好きだったんだよ」

こくりとマフラーの中で璃子が頷き、ぼくを見上げて言う。

「好き、だった？」

「ぼくね……」

「うん」

「長岡のことが好きかもしんないんだ」

「えっ。だけど、長岡君、彼女……」

「だからさ、もう失恋決定ってわけ。せつねえええ」

璃子が気持ちを決めたようにいつになく強い口調で言った。

「あのね、私、海君と長岡君のことを茶化したりしないよ。このこと誰にも言わない」

「……ＢＬにしないでね」

「しないよ。でも、この本の世界があるから私生きていけるのかも。この世界だけが救いなの。海君のこと、変な目で見たりしないから許してね。だけど、海君と長岡君、すっごくお似合いだと思う」

ぼくは拳で目を擦って泣く真似をした。

「嘘泣き！」璃子がぼくの背中をぽかぽかと叩く。ぜんぜん痛くなんかなかった。

バイト帰りに璃子と帰れるときには、大通りを抜けて璃子の家の道に続く三叉路まで送ることにしていた。

「あ」と言って璃子が立ち止まる。

「これ、長岡君のお父さんだよ」

そう言って中年のおじさんの上半身が大写しになったポスターを指差した。胸のあたりで拳を強く握ってる。目のあたりが忍に似ているような気がしたけれど、忍のほうがいい男だと思った。でかでかと書かれた党名と町会議員という文字。このおじさんとはなんだかまったく気が合わない気がしたぼくは、道から小石を拾って、ポスターにぶつけた。璃子がぎゃっと声を上げて家のほうに駆けて行く。

「そんなことしたらだめだよーまた明日ねー」

ぼくは初めて璃子が「また明日」と言うのを聞いたような気がした。

璃子がいなくなって、ぼくはポスターの忍の父としばらくの間、向かい合っていた。


ぼくは相変わらず授業以外はできるだけ教室にいないようにし、屋上に続く階段や保健室や体育館の裏で日々をやり過ごしていた。まるで自分のことを日のあたらないところに生息している苔《こけ》みたいだな、と思ったけれど、学校という場所で生きていくためには仕方がない。体育館裏で紙パックのコーヒー牛乳を飲んでいると、どこからか女の子の尖った声がした。壁から顔を出すと、忍と彼女の沙織《さおり》が向かい合っている。一方的に何か言っているのは沙織だ。

何を話しているかまでは聞こえなかったが、駅伝の日、という言葉がぼくの耳をとらえて、体がぴくん、とした。

その日の夜、バイト先に忍がいきなりやって来た。ぼくは緊張で体をかたくして、忍の座っているテーブルにオーダーを取りに行く。近づくと忍は目のあたりを真っ赤にして、

「……コーヒーください」と言う。

「はい。コーヒーひとつ」立ち去ろうとすると、忍が言葉を続ける。

「あ、あのさ、バイト終わったら時間ある？」

「だけど終わるの七時過ぎだよ。家の人心配しない？」そう言いながら、この前、あの三叉路で見た忍のお父さんの顔が浮かんだ。時計は午後六時を過ぎたころだった。忍はテーブルに教科書とノートを広げ、勉強を始めた。本当に忍は午後七時まで店にいた。宗輔さんからまかないをタッパーに入れてもらって、二人、言葉もないまま店を出た。

話したいことってなんだろう。忍は何も言わない。駅を通り越して、湖に向かう道に入っていく。誰の目にも入らないところに行きたいんだろうとぼくは思った。この町は冬がやってくるのが早いみたいだ。もう秋もだいぶ深まって薄手のコートじゃ寒いくらいだった。湖は真っ黒な墨みたいな水を湛《たた》えて黙りこくっている。沈黙に耐えかねてぼくは口を

開いた。

「……駅伝のときのこと気持ち悪いと思ってるんでしょ」

「……」

「……ぼくの存在が気に食わないんでしょ。ほかのみんなと同じように……そんなのぼく、慣れっこだから、わざわざ言いにこなくてもいいのに」

「……」

「駅伝のとき、ぼくがあんなことをしたのはあやまる。本当にごめん。……だけどぼく、そうしたかったからそうしたんだ。あんなことしておいてこんなこと言うのもあれだけど、ふざけた気持ちはぜんぜんないよ」

「……僕」

「ん？」

「もしかしたら……」

「うん」

「羽田のことが」

「……」

「羽田のことが好きかもしんないんだよ」

そう言って振り返った忍の目は熱でもあるかのよう。ぼくにも見覚えのある目をしていた。ぼくが小川先生を見る目、宗輔さんを見る目。誰かに恋しているあの目だ。

それはぼくが生まれて初めて受けた告白で、本当のことを言えば雷が頭のてっぺんから突き刺さったみたいな衝撃が全身を貫いた。だけど、だけど……。

忍には沙織という彼女がいる。ちょっとした気の迷いに違いない。

「ぼっ、ぼくがあんなことしたから、なんか流されてるだけだよ。気持ちが。本当の恋愛をする前に同性の子のことを好きになるなんて、よく聞く話だろ。男子も女子も。長岡はあの沙織ちゃんていう彼女がいるんだから。ホームルーム委員長が男が好きなんて、あの学校、あのクラスにとっちゃ格好の噂の種だろ。あんたは普通の世界で普通に生きていったほうがよくね」

言い終わらぬうちにパシーンと先に音がして、それから忍に頰を張られたことに気がついた。

「いって！」

「おまえがそんなこと言うのかよ。僕があの日から、どんだけ色んなこと考えたのかわかってんの。普通って何だよ⁉　僕がそんな世界にもううんざりし過ぎるほどうんざりしてること、おまえはわかってくれたんじゃないの⁉」

ぼくも負けずに言い返した。

「あんたにぼくの気持ちなんてわかるはずないよ。ぼくが毎日、あの学校で空気みたいに過ごしていること。あんたに同じことができる？　ホームルーム委員長で優等生でみんなからの信頼が厚いあんたはまだ普通でいられるんだ！　みんなに疎《うと》んじられるなんてぼくだけで十分じゃないか。あんたに同じ目に遭ってほしくないよ」

そう言いながら、ぼくの目からぱらぱらぱらっと何かが溢れて、それが涙だと気づくまでに少し時間がかかった。忍がぼくの腕を摑《つか》む。本当はそのまま忍の腕に飛びこみたかったけれど、いくら人気《ひとけ》のない湖のほとりとはいえ、この小さな町じゃ誰が見ているかわからない。ぼくたちは見つめ合う、というより睨み合っていた。誰かが見たら、二人の高校生が喧嘩《けんか》をする直前みたいに見えたはずだ。これ以上、忍の目を見ているのが怖かった。

この前みたいにまた、衝動的に忍のくちびるに触れてしまうかもしれない。忍にその気がないのに、ぼくの勢いだけでそうするのはもう嫌だった。ぼくは少しずつ後ずさりしながら、忍の前から離れた。くるりと後ろを向いて坂道をかけ上がった。忍とのことが、二人だけのことでは終わらず、何だかわからない大きなものに巻き込まれていくだろう、という予感があった。

ぼくはどうでもいい。だけど、忍が傷つくのは嫌だった。なんだ、ぼくだって忍のことがちゃんと好きなんじゃないか。だけど、ぼくはその一言を伝えることができなかった。鼻の奥がつんとして、まだ美佐子さんの帰っていない、誰もいない暗いアパートの部屋に向かって全速力で走った。

翌日、教室に入ると、クラスメートの数人が何かを窺《うかが》うように視線をぼくに向けるのを感じた。何があったのだろう……。なんだか気持ちが悪かった。本当に具合が悪いような気がしてぼくは保健室に逃げ込んだ。上履きを脱いでベッドに潜り込もうとすると、脇のカーテンが開いて璃子が顔を出し、ことの全貌を教えてくれた。忍が沙織を振ったのだ。ほかに好きな人がいると言って。その詳細は沙織によってクラスのグループＬＩＮＥから全校中に広がった。

「す、す、好きな人って」声が上ずる。璃子が短い指でぼくを指さす。

「……」

「そう、海君」

「……」

ぼくが女の子みたいだとか、もしかしたらゲイなんじゃないの、とかそういう噂を勝手にたてられるのはいい。だけど、忍がぼくのことを好きだということを表明してしまうと（というよりあの沙織って女が言いふらしたのだけど）、この学校では、この小さな町では、ぼくにも忍にも逃げ場がない。噂の広がりは生徒のなかだけじゃなかった。船場先生ですら、ぼくを見て無意味に笑顔で頷く。廊下ですれ違った数人の先生もそうだ。

ぼくは怠け者で勉強のできない「空気」みたいな存在じゃなくて、「ＬＧＢＴＱ＋」とか「この子はゲイなんで繊細で取り扱い注意」みたいなことを真っ赤なペンキで全身に書かれたみたいだった。

忍の様子が気がかりで保健室から教室に戻り、自分の席に座ると、前に座っていた男子が「おまえ、男が好きなの？」と聞いてきた。黙っていると「俺のこと好きにならないでね」と下卑《げび》た笑顔で言う。ぼくはため息を飲み込んだ。座りながら、斜め前の忍の背中を見た。何かに必死に耐えているようにも見えた。何を考えているのかはわからない。

もう学校のなかでは、ぼくと忍はろくに話ができないだろう、という気がした。

教室のなかは明らかに温度が高くなっていた。この狭い教室という部屋のなかに、男同士で恋している二人がいる、という認識は、明らかにほかの生徒を興奮させた。その一人が優等生の忍だった、ということでいっそう状況は悪かった。休み時間、忍のまわりには、女子生徒が群がり、どこか欲情したような声をあげている。ぼくの机も「こんなやついたっけ？」というクラスメート数人に囲まれた。今までこの教室で「空気」のように過ごしてきたぼくには苦痛以外の何物でもない。

そんなに珍しいことか。男が男を好きになることが。それでもぼくはそうしたクラスメートに向かって「忍のことが好きなんです」なんていう勇気もなかった。男が好きだ、忍が好きだ、とみんなに知られる準備ができていないのはぼくのほうだった。そう宣言できない弱さがぼくにはあった。そのことが忍を傷つけているということもわかっていた。この日、ぼくは忍と一言も学校で口をきかなかった。

　翌日の夕方遅く、バイト先に忍は顔を見せた。この前みたいにテーブルに教科書とノートを広げ、静かに勉強を始める。ぼくがバイトをしていることも、そこに忍が来ていることもクラスメートにはまだばれていなかったが、それも時間の問題だという気がした。忍はぼくのバイト終わりまで待っていてくれて、二人いっしょに店を出た。やっぱり人が多くいる駅側には行きづらく、ぼくらはまた湖の沿道を歩いた。しばらくの間、二人とも何も言わない。手が触れそうになったけれど、ぼくはその手を握らなかった。もう吐く息がかすかに白い。

「家族の人に知られたら困るんじゃないの？」口を開いた最初の一言がそれで、言いながら自分のことが情けなくなった。

「……もう知られてた。父さんは僕のことは理解するけれど、これ以上まわりに知られるな、って」

　もう遅いんじゃないか、と思った。今日一日でどれだけぼくと忍とのことが、学校の噂になったのだろう。ポスターの忍の父の顔を思い出した。「まわりに知られるな」なんて言う人が男同士の恋愛に理解があるとは到底思えない。ぼくは忍にはできるだけ無傷でいてほしかった。輝かしい優等生の姿が忍には似合っている。ぼくのように「空気」になる必要はないし、学校で、この町で後ろ指をさされるのはぼくだけでいい。だって、ぼくのほうが慣れているからだ。

ぼくは重い口を開いた。

「……カミングアウトしなくちゃダメなのかな。ほかのみんなはそんなこと宣言しないで生きているじゃないか。ぼくがぼくのままであることを、まわりに大声で伝えないとぼくは生きてちゃだめなのかな」

マスクの上の忍の目がぼくを見つめる。真っ暗な洞穴《ほらあな》が広がっているかのような目だった。忍は心を決めて沙織に自分の気持ちを伝えたはずだ。それなりの覚悟を決めて。不意討ちに腰砕けになっているのはぼくのほうなのだ。忍は何も言葉を返さない。そのことがまた、ぼくを自己嫌悪の渦に落とし込む。忍はしばらくの間、ぼくを見つめ、風が耳のそばで鳴ったのか、と思うくらいの小さな声で言った。

「……僕の勇気が宙に浮いたってことか」

忍が俯《うつむ》く。そうじゃない、と言おうとしてぼくは忍の腕を摑んでいた。

「ぼくら、東京に行こう。表に出れば顔見知りに会ってしまう、こんな小さな町じゃぼくら二人、息苦しくてしょうがないよ。東京にはぼくらみたいな人がたくさんいるんだろ。誰かに後ろ指さされたり陰口言われることもないんだ。な、二人で東京に行こう。ほら、指切り」

ぼくは小指を差しだした。しばらくの間、宙に浮いたように暗闇のなかにぼくの小指が立っていた。忍がぼくの目を見る。ずいぶんと時間が経ったあとに、心を決めたように、ぼくの指に忍が小指をからめた。


翌日の土曜日、美佐子さんの仕事は休みだった。ぼくは朝食を作り、しばらく経ってから冬眠明けの熊みたいにのっそり起きてきた美佐子さんのマグカップにコーヒーを注いだ。

「あのさ、ぼく、東京に行こうと思う」

「へえっ⁉　今から？」マグカップから口を離して美佐子さんが変な声を出した。

「違う違う。高校出てから」ぼくは慌てて言った。

「もし大学か専門に行くにしても学費はできるだけ自分でなんとかする。美佐子さんにはもう迷惑かけない」

「……迷惑って」そう言ったまま美佐子さんはじっとぼくの目を見る。ぼくはその視線の強さがどこか怖くて、視線を逸《そ》らしトーストにジャムを塗り広げた。

「あの、迷惑かけられてるなんて思ってないし、海がそうしたいと思っているなら、私は応援するけど……」なにかあった海？　と聞かないところが美佐子さんのいいところだ。でも、それはもしかしたら、ぼくと美佐子さんに血の繋がりがないからなのかもしれない。

あと二年、ぼくは高校をやり過ごす。そうして忍と東京に行く。それはつまりあと二年で美佐子さんとの暮らしが終わるってこと。そう思ったら、ふいに目の端に涙が浮かびそうになって驚き、ぼくは目に力を込めて、テーブルの籠のなかの赤い林檎を見つめる。あの日、忍が拾ってくれた林檎をぼくはいつまでも食べることができずにいた。美佐子さんも自由になる。ぼくも自由になる。この選択にはどこにも悪いところがないんだ、とぼくは半ば強引に思い込もうとしていた。

第二話　美佐子

「あのさ、ぼく、東京に行こうと思う」

海が高一の冬に私にそう言った。その日から二年、幾度となく同じ言葉が頭のなかでくり返されてきた。

事務作業をしながら電卓を勢いよく叩く。

その手を止めて、デスクのそばに置かれた電気ストーブに両手をかざした。あたたまるのは手のひらだけで、足元から立ち上る鋭い冷気が全身を震わせる。

私が勤めているのは、このあたりでとれる産直野菜を全国に発送している会社で、デスクのある事務所スペースは、十畳ほどのプレハブ小屋だ。

配達員や営業チームの皆は、どこかに出払っていて、事務所には私一人しかいなかった。朝からつけっぱなしのマスクを顎まで下げ、ささくれのできた指先をぼんやりと見つめる。

「美佐子さんにはもう迷惑かけない」とも海は言った。

海からそう言われて、「えっ、それで、私と海との生活はもう終わり?」「迷惑っていったいどういうこと⁉」私の胸にいくつもの言葉が浮かんだのに、突然そんなことを言い出した海の真意を問い詰めたりすることはできなかった。

親ならば、こういうときには素直に喜ぶものだろうか。そんな思いがまた、私の胸を行き過ぎる。無意識に指先のささくれを引っ張ったら、かすかな痛みとともに薄く血が滲んだ。

デスクに向き直り、再び電卓を叩く。ふーーーっと肺の奥のほうから長いため息が出た。

「ああ、羽田さん。まだいたの。今日はもう上がっていいよ。次の仕事があるだろ」

所長がいきなり事務所の戸を開けて言った。

彼女は私より十歳ほど年上の女性で、専業主婦からこの会社を興《おこ》した人だった。

離婚経験がある彼女は、私がシングルマザーだと知って、なんだかんだと目をかけてくれる。

「あんたもよく働くよねぇ。体、壊さないでよ」

そう言って肩にかけた白いタオルで乱暴に顔や頭を拭く。

「あ、もう降り出したんですね」私はデスクの上を片づけながら言った。

「いや、小雨小雨。すぐにやみそうだけれど、工場までの運転は気をつけて。もっと寒くなったら霙《みぞれ》になるかもしれないし、見通しも悪いからね」

「はい。ありがとうございます。おつかれさまでした」

「はい、おつかれさん」

所長に頭を下げ、事務所を出て駐車場に向かった。

吐く息が白い。アスファルトが雨で黒く染まっていた。運転席に乗り込み、車を発進させる。

曲がりくねった道を注意深く進む。次の仕事場、ケーキ工場の夜勤まではまだ少し時間がある。いつものコンビニの駐車場に車を止めた。

昼も夜も、朝に作ったサンドイッチを慌ただしく食べる。アルミホイルを開いて指で触れると、もうすっかり固くなっていた。ポットにはまだ熱いコーヒーが残っているはずだが、飲みたくはない。食欲もなかった。

トートバッグの中を指で探る。

いつからそこにあるのか、バッグに入れたままだった未開封のミネラルウォーターのペットボトルの蓋をひねる。水を飲み込んだ途端、涙が零れた。

自分でも予想外のことだったので、慌てて奥歯を噛み、耐えた。

次の春には、海は東京へ行ってしまう。血の繋がった親子だって、いつまでも親の元にいるわけではない。そんなことはわかっていたはずなのに、浮かんでくるのは出会ったばかりの海の姿だった。

六歳の頃の海だ。

やせっぽちで、目ばかり目立っていた子ども。自分で名付けたコロちゃんという人形をどんなときでも離さなかった。その海と生活を共にしてもう十二年になる。十二年、母親をやらせてもらった。いや、まだ十二年しか経っていない。

毎日の生活の合間、ふとした瞬間に海との想い出が浮かんでは消えていく。

これじゃ、まるで子どもの人生に執着する毒親なのではないか。

ティッシュで鼻をかむ。耳がきん、と詰まった。

これで親業から解放されて自由になれるのだ、とも考えてみた。

今のように海との生活を維持するためにダブルワークで身を粉にして働く必要もない。そこまで考えて、東京の海に仕送りしないといけないじゃないか、と思い直す。生活費は自分でバイトをしてなんとかする、と海は言った。けれど、そのすべてを海に背負わせるのは間違いだ。私はまだまだ働ける。海が行きたいと言っている専門学校を卒業するくらいまでは、海の負担を軽くしてやるのが私の役目なんじゃないか。そう考えたら、海の親でいられる猶予《ゆうよ》ができたような気がした。

振り返って自分の人生を考える。自分の親は、いったいどこで子離れしたのだろう。

大学も就職先も実家から通っていた。自分もまた、親離れできない子どもだったのかもしれないが、「海をひきとって海の母親として生きていく」と母に伝えたときが、もしかしたら、そのときだったのかもしれない。

母は全身を癌《がん》に冒《おか》されて三年前に亡くなった。

「まあ、なんてかわいい子なんだろ」

表面上は海のことをかわいがっていた母だけれど、私の目から見れば、やはり、海と母との間には埋め切れない溝があったように思う。

もう一度、鼻をかみ、車を発進させた。

はるか遠くにケーキ工場の滲んだ灯りが見えてくる。


海の父、緑亮《ろくすけ》と出会ったのは、実家を出て、生まれて初めて一人暮らしをした三十九のときだった。

引っ越したその町は国道沿いにファミレスが並び、その先に大きなショッピングモールがあり、さらにその先には雪を乗せた山並みが見えた。国道から離れれば果物畑と田圃《たんぼ》が広がっていた。日本のどこにでもありそうな地方の町だった。

私を雇ってくれた印刷会社は国道沿いにあり、私のアパートは会社とショッピングモールとのちょうど真ん中にあった。

その頃、緑亮はコピー機器のレンタル会社に勤めていた。私の会社にあったコピー機の点検に時々顔を出し、二言三言、話すようになった。そうはいっても、時々会社にやって来るコピー会社の人、私にとって、ただそれだけの人だった。

「シングルファザーなんです、僕」

誰かが尋ねたわけでもないのに、緑亮は最初からそう言った。そのことを話しさえすれば、まわりからどういう反応が返ってくるかわかっているみたいだった。

「へぇぇぇ、えらいわねぇ」

「男一人でたいしたもんだ」

女性たちは好意的な反応を返したが、私はそんな彼女らを見て、なんて簡単なんだろう！　と反発した。どういう事情があるのか知らないが、シングルファザーなんだから、一人で子どもを育てるのは当たり前のことだろう。

「すみません。保育園のお迎えがあるんで」

緑亮はどんなに重大なトラブルが会社のコピー機で起こっていても、午後六時になると、仕事を放って帰ろうとする。保育園に通うような小さな子どもがいるのなら仕方のないことだ、と理解はしていたが、その日は私の仕事の納期が迫っていた。会社を出ようとする緑亮に私は立ち塞《ふさ》がった。

「いや、今日は帰られたら困るんです」

「でも子どもが」

そう言われても一歩も引く気はなかった。

「じゃあ、今からすぐお迎えに行ってきてください。私、あなたがコピー機を直す間、あなたのお子さんをみてますから」

「………」子どものようにふくれっ面をして緑亮は部屋を出て行く。

「お先にね」

「お疲れさまです」

会社の人たちは、一人、また一人、と退勤していく。私の部署は私以外誰もいなくなってしまった。しばらく経って、緑亮が戻ってきた。

彼が連れて来たのは女の子だった。色が白くて、昔のマッシュルームカットみたいな髪型をしている。ピンクのトレーナーに水玉模様のズボンがよく似合っていた。緑亮と手を繋いだまま、きょろきょろと会社の中を見回す。

「すぐ終わるから、そこで待っててな」

緑亮はそう言いながら、コピー機の扉を開けて顔を突っ込んでいる。私は緑亮の子どもと一緒に、コピー機が見えるところにあるソファで待った。

今まで生きてきて、こんなに幼い子どもと深く触れあったことがない。

妹に子どもが生まれたときも、成長した彼らに会っても、遠目からおどおどと見ていただけだった。緑亮の子どもは、膝の上に手を置いて、コピー機を直す緑亮をただじっと見ている。

何かしてあげたほうがいいんだよな、と思うのだけれど、これくらいの年齢の子どもが何をしたら喜ぶのか、まったく想像がつかない。

仕方無く、その辺にあった綺麗な紙で折り紙をしてみた。とはいえ鶴くらいしかできない。緑亮の子どもは、小さな指で私の真似をしようとする。うまくできないところは私が手伝った。羽を広げ、鶴のおなかにある小さな穴に息を吹きこんだときのことだった。

きゅるるるる、とかすかに音がした。緑亮の子どものおなかが鳴っているのだ。時間はもう午後七時近かった。普通なら夕食時だ。シングルファザーの緑亮に無理を言って、時間外の修理を頼んでいるのは自分。罪悪感がちくちくと刺激された。私は緑亮に尋ねた。

「あと、どれくらいかかります？」

「わっかんね、まだしばらくは」

そう言う緑亮の額に汗が光っている。仕方がないな！　私は半ば怒りながらそう思って、近くのラーメン屋にチャーハンの出前をふたつ注文した。思いの外、チャーハンは早くやって来て、そのにおいを嗅ぎつけた緑亮が作業の手を止めようとする。

「あなたは修理を先に進めてください！　お子さんには私が食べさせますから！」

「赤んぼうじゃないんで！　一人で食えますから！」緑亮が叫ぶ。

私はその声を無視して、チャーハンのラップを剝がし、レンゲでは食べにくいだろうと思って、給湯室に小さなスプーンを取りに行った。グラスに麦茶を注ぎ、子どもにスプーンを渡すのだが、チャーハンを口に運ぼうとはしない。

「どうしたの？　遠慮しないで食べていいんだよ」そう私が言うと、

「父さんが……父さんがまだだから」と小さな声でつぶやく。ほらな、という顔で緑亮が私を見た。緑亮のことは、その頃には憎らしいやつだと思っていたが、子どもはかわいい。

「じゃ、じゃあ、お二人でどうぞ」

「やった！」子どものように緑亮が叫んで、子どもの隣に座る。

「いただきます」と緑亮の子どもが両手を合わせて言うと、その声に緑亮が続く。どっちが親かわからない。

子どもはまたしても食べようとしなかった。

「いいんだよ、食べて」そう言うと、

「うん……お姉さんは？」と私の顔を見上げる。お姉さん、と呼ばれたことは素直にうれしかった。

「お姉さんはおうちに帰って食べるからいいの。さあ、食べて食べて。ええっと、お名前はなんていうの？」

「かい、海のかい」

チャーハンを口いっぱいに詰めた緑亮が答えた。

「海ちゃん。ほら、食べて。おなかがすいてるんだから、たくさん食べないといけないよ」

私がそう言っているのに、海ちゃんはスプーンで掬《すく》ったチャーハンを私の口に運ぼうとする。スプーンを持った手を動かさないので、仕方無く、私は食べる真似をした。

「ぱくぱくぱく、あーおいしかった。お姉さんはおなかいっぱい」

おままごとをしているようにそう言った。

「ほら、今度は海ちゃん、食べな」

私が半ば強引に言うと、やっと一口を口に運ぶ。

栄養バランス的に考えても、肉と野菜の欠片しか入っていない油っぽいチャーハンが、海ちゃんくらいの子どもの夕食に合っているとは思えない。けれど、私が無理に緑亮に頼んだ、いつ終わるかしれない修理のせいで、海ちゃんを空腹で待たせているという罪悪感から逃れたかった。海ちゃんは五口くらい食べたあたりで「ごちそうさま」とスプーンを置こうとする。

「もう少し食べようか」私がスプーンでチャーハンを口元に持っていくと、いくらか食べた。

「甘えてんな、おまえ」海ちゃんにそう言う緑亮を私は睨んだ。

「いいから早く食べて修理終わらせてください。それが終わらないと私も帰れないので！」

叫ぶように言う私を、緑亮が口をとがらせて見ている。

私が叫ぶと海ちゃんが小さな体をびくっとさせるので、

「海ちゃんのことじゃないよ。お姉さん、海ちゃんのお父さんにお仕事をお願いしてるだけ。怒ってるわけじゃないんだよ」

と、説明した。私の言うことを海ちゃんはじっと黙って聞いて、こくりと頷いた。

トイレに行って戻ってくると、海ちゃんがソファに横になっているのが見えた。

食べ終えた皿やお茶のグラスはテーブルの端に片づけられている。もしや、具合でも悪いのか、と思って額に手をやったが、そこはひんやりと冷たい。

壁の時計を見た。もう午後八時に近かった。子どもは寝る時間か。慣れない場所に連れて来られて余計に疲れたのかもしれない。私は仕事中に使っているブランケットを海ちゃんの体にかけた。

私の仕事の都合上、「もう、明日でいいですよ」と緑亮に言うこともできず、ぼんやり海ちゃんの寝顔を眺めながら、修理が終わるのを待っていた。

「あと十分くらいで終わります」緑亮が私の顔を見て言った。くしゃくしゃのワイシャツの袖はまくられ、その袖で額の汗を拭いている。

「ああ……助かります」心からそう言って、私は海ちゃんを見た。トレーナーもズボンも綺麗に洗濯されていることはわかるが、ズボンの裾がほんの少しほつれている。デスクの引き出しには裁縫セットが入っているけれど、そこまでやるのはやり過ぎだろう、と自分を押しとどめた。

強い力をかけたらぽきりと折れてしまいそうな細い首や腕が頼りなげで、こんな繊細なものを、目の前の緑亮が本当に一人で育てていることが信じられなかった。

「かわいいでしょう、海」緑亮が言う。

「え、ええ」

「僕の息子ですからね」

咄嗟に言葉が出ない。私の気配を察したのか緑亮が言う。

「女の子だと思ってたでしょう。男の子なんすよ」

なんでもないことのように緑亮は言った。

「服も髪型も、なんでも海の好きなようにさせているんです。……っと、もう終わりました」

そう言って緑亮が試しのコピーを幾枚かとった。音をたててコピー機から紙が排出される。確かにコピー機は正常に戻っていた。

「ありがとうございました。すみません遅くまで」

「すんごい剣幕だったもんなあ。ほら、海」

ソファの上の海ちゃんの体を揺すり、起こそうとする。

「寝かせたままでいいじゃないですか。これでくるんだままで」

私は海ちゃんの体をブランケットできつくくるみ、そのまま抱き上げるように緑亮を目で促した。

「これ、いいんすか？　お借りして」

「もちろん。返すのもいつでもいいですよ」

私は部屋のドアを開け、廊下を進んで、会社の裏口のドアを開けた。駐車場に進み、緑亮が車の後部座席に海ちゃんを寝かせる。

「じゃあ、また」運転席の緑亮がそう言ってドアを閉め、ゆっくり車を発進させる。車はすぐに暗闇に紛れて見えなくなった。夜の冷たい空気に体が震える。慌てて会社の中に戻った。チャーハンの皿やグラスを片づける。海ちゃんの寝顔や、どこか甘ったるいそのにおいや、緑亮の汗だらけの顔が浮かんでは消えた。

「はいはい、仕事仕事」

私は声に出してそう言って、両方のほっぺを叩いてパソコンの前に座り、キーボードを叩き続けた。

それが海と出会った最初の夜だった。


「料理の勉強がしたいんだ、ぼく。得意なものと言ったらそれくらいしかないでしょ」

バタークリームのケーキに苺を並べているとき、海の声が耳をかすめた。産直野菜の会社のあとは、ケーキ工場で夜勤のパートをしている。クリームが塗られている丸いケーキが次々と自分の前に流れて来る。そのケーキの縁に私は等間隔で赤い苺を並べる。

確かに海には料理以外得意なものがない。私の目から見ても勉強も運動も、何か飛び抜けてできるというものはない。けれど、それを海が気に病んでいる風でもなかった。何かが特別にできなくてもよかった。

そもそも私自身が、何か特別なことができる人間ではない。ただ、子どもの頃から勉強だけはそこそこできるタイプで、教師にすすめられるまま地元の国立大に入学した。

地方都市で共働きの両親を見て育ったから、自分も当然、大学を出て就職をしてしばらくしたら結婚をし、夫と共に働きながら二人くらいの子どもを育てるのだという、そういう平凡な（今思えばあまりに壮大な）夢を描いていた。

恋愛というものも時期が来れば自然発生的に起こるもの、と考えていたが、高校でも大学でもそれは起こらなかった。就職をすればそれは起こるのかもしれない、と考えた。けれど、私が大学を出た頃は世の中がひどい不景気に沈み、就職そのものがスムーズにはいかなかった。

それでもなんとか就職した最初の会社は二年で倒産し、次の会社も三年でつぶれた。自分が勤め始めるとなぜだか会社の業績は悪くなる。それは今思えば、景気と会社のせいであって、自分のせいではないのだけれど、その頃は、自分に何か悪いものがついているのかもしれない、と思い悩んだこともあった。

そんな私でも、会社を渡り歩く間、短い恋愛を二回した。

どちらも会社の同僚だった。どちらも私のほうから好きになり、どちらも会社が倒産するタイミングで私のもとから去った。相手を責める気にはなれなかった。恋愛よりも就職して食べていくことのほうが大事なのは、自分も同じだ。

地元では就職することすらままならなくなったとき、私は思いきって県外に出た。隣の、隣の、隣の県。ほんの少し東京に近づいた。とはいえ、そこも地元と同じように雪がたくさん降るところだった。そこで印刷会社の事務の職を得た。

気がついたときには、四十という歳がすぐ目の前にあった。

生まれて初めての一人暮らしも始まった。コンパクトなワンルームだったけれど、ここにあるものは全部自分で選び、自分のお金で買ったもの、と思うと、底知れぬ喜びで顔がほころんだ。親元を離れてよかった、と四十前になってやっと思えた。

母親は三十五までは「いつ結婚するのだ」としつこく言ってきたが、妹が結婚し、孫が立て続けに二人生まれてからは何も言わなくなった。

いつの間にか、夕方から降り始めた雨はやんでいる。ケーキ工場の勤務を終えて家に帰ると、時間は午前〇時を過ぎていた。海の部屋の明かりは消えている。


あのコピー機の一件以来、私は緑亮に妙に懐《なつ》かれた。

コピー機の点検で私の会社にやって来ると、仕事終わりに私のデスクに近づいて、二言三言、何かを言う。ほとんどが海ちゃんのことだった。

「お姉ちゃんのところにまた行きたいってうるさくて」

「お姉ちゃんとチャーハン食べたいって、海が」

会社の人の目もあって最初は適当にあしらっていたが、私自身、あの夜に感じた海ちゃんの体温やにおいを、ふとした瞬間に思い出すのだった。そんな部分が自分のなかにあるとは思わなかった。

「今度の日曜日、海とおにぎり山の山頂に行ってみません？」

失敗したコピーの裏紙にそうマジックで乱暴に書かれたものを、緑亮から点検の帰り際に渡されたのは、海ちゃんと出会ってから一カ月が過ぎた頃だった。

緑亮と二人だけなら会う気などなかった。けれど、海ちゃんにはもう一度会ってみたい。私はしぶしぶ、という感じでそこに書かれた緑亮の電話番号に電話をかけたのだった。

「え、行きます⁉　やった！」という緑亮の声のうしろで、きゃーっと言う海ちゃんの声が聞こえた。

ワンルームの狭い台所で私はちまちまと海ちゃんのためにお弁当を作った。林檎を兎の形に切り、かわいいピックをソーセージに刺す。きっと海ちゃんはかわいいものが好きだろう。そう思いながら、胡瓜《きゆうり》を花の形に飾り切りした。おかずとおにぎりを詰めたタッパーを、兎のキャラのナプキンで包む。水筒にはほどよい温度の麦茶を詰めた。

待ち合わせ場所の道の駅に着くと、軽自動車のそばで、緑亮と海ちゃんが立っているのが見えた。海ちゃんは私を見つけて笑顔になったが、恥ずかしいのか緑亮の体に自分の体を隠している。その日は赤いニットに、膝のところに犬の顔がついたズボンを穿いていた。緑亮の車の後部座席に、海ちゃんと並んで座った。「かわいいね」と膝の犬の顔をそっと撫でると、恥ずかしそうに海ちゃんが体をよじって笑った。手には随分と年季の入った女の子の人形が握られている。自分も子どもの頃、こんな人形で遊んだ覚えがある。

「なんて名前?」と聞くと、

「コロちゃん……」と小さな声で答える。

「コロちゃん、かわいいね」そう言うと、海ちゃんは小さな蕾《つぼみ》が開いたような笑顔を返す。

「休みの日はどこに行っても、ちゃんとした親子連ればっかりでしょ。女の人がいないと、このあたり、ちょっとした公園にも居づらくて……」運転しながら緑亮が言う。

「ちゃんとした?」

「お父さんとお母さんがいて、まあ、おじいちゃんとおばあちゃんが一緒のことも多くて。家族三代勢揃い。うちらみたいなのは、まあ、このあたりでは異分子みたいなもんで」

車はほどなくしておにぎり山近くの駐車場に着いた。

赤いリュックを背負った海ちゃんは緑亮と手を繋ぎ、ぴょんぴょんと跳ねながら私の前を歩く。時々振り返っては、私の顔を見て笑う。笑い返すと、また笑ってぴょんと跳ねた。

おにぎり山の山頂(と言ってもそれは、二十分も歩けば着いてしまう高さだったが)に

着くと、すっかり息が上がってしまった。膝に手をついて荒い息をくり返す私を今度は緑亮が、

「いくらなんでも運動不足すぎるでしょ」と指をさして笑った。

山頂には平たく開けた場所があり、見下ろすと、私の住んでいる町が見えた。空が広く、近い。桜にはまだ早い時期だが、薄緑色の若々しい葉が目に眩しかった。家族連れがカラフルなビニールシートを広げていたが、緑亮はそこからは少し距離をとったところに、簡素なブルーのシートを広げた。

緑亮もお弁当を作ってきていた。サンドイッチに兎さんの林檎。それを見て、緑亮と顔を見合わせて笑った。いかにも不器用な人間が作ったというのがすぐに見てわかる私の兎さん林檎より、緑亮のほうが随分と上手だったからだ。

海ちゃんは相変わらず食が細いようだったが、緑亮のサンドイッチも、私のおにぎりも頑張って食べてくれた。もちろん、食べる前には手を合わせて「いただきます」を欠かさない。礼儀も食事のマナーも、緑亮が厳しく躾《しつ》けたのだろうか。その姿を想像するのは難しかった。

緑亮は聞いてもいないのに、自分のことをよく話した。

この仕事につく前は東京でカメラマンの仕事をしていたと言う。どうせ食い詰めて地方に逃げて来たのだろう。また東京に戻ってカメラの仕事をしたい、とも言った。私より五

歳年下の三十四歳だと、ここに来る車のなかで緑亮の歳を聞いた。おまえ、いくつだよ。学生か！　なんちゅうモラトリアム。自分の夢より海ちゃんの子育てが最優先だろう……とつっこみたかったが、私が口を挟むことではないので黙っていた。

私も緑亮に聞かれたことは話したが、特におもしろい話があるわけでもない。

それでも、入社した会社、入社した会社が、倒産していった話などを、おもしろそうに聞いてくれる。緑亮が笑うと、まるで自分がおもしろい人生を歩んできたような気持ちになるのが不思議だった。

海ちゃんは手にしていたコロちゃんを自分の前に寝かせ、ズボンから出したハンカチの布団をかけている。そのとき、ふいに後ろの階段のほうから声がした。

「あーーっ！　海がいた。女男！　女男！」

海と同じ保育園の子だろうか、一人の男の子が海を指さして叫んだ。手を繋いでいるお母さんらしき人の顔を見上げながら言う。

「お母さん、海はね、男のくせに、女の子と人形遊びばっかりして遊んでいるの。おっかしいよね！」

その男の子の言葉に海ちゃんは真っ赤な顔をして俯いていた。そのとき、緑亮がまじめな声で男の子に話しかけた。

「海は海だよ。何かおかしいところある？　女の子と遊んじゃだめかなあ？」

叱るような声でも諭すような声でもなく、やわらかい声だった。男の子は困ったような顔でお母さんを見上げている。お母さんも子どもと同じような顔をしていたが、黙ったまま頭を下げた。親子二人はばつが悪そうに私たちのシートから離れる。

「海は海、コロはコロ、美佐子さんは美佐子さん、俺は俺、みんなそれぞれ違う人。だけどいっしょにいたいから」

歌うようにそう言って兎さん林檎をしゃくしゃくと囓《かじ》り、私に笑いかける。ああ、この人は、こんなだけど、やっぱり海ちゃんのお父さんなんだなあ、とそのとき初めて思った。

そうして、その日から、私と緑亮との、交際と呼べるような関係が始まったのだった。

時間をかけて、私と緑亮は近づいていった。お互いの家を行き来するようになり、緑亮の仕事が遅くなるときには、海ちゃんだけを預かる日も増えた。

つきあうようになっても、「週末、山に写真を撮りに行ってくるから」などと学生のようなことを口にする。浮気でもしてんのか、と腹も立ったが、一方で、海ちゃんと二人だけで過ごせる休日は待ち遠しかった。

海ちゃんを、海、と呼べるようになるまで、それほどの時間はかからなかった。海は海、私は私、緑亮は緑亮。私は心のなかでそうつぶやくようになった。

緑亮は、海が洋服やおもちゃや絵本を選ぶとき、それがどんなに世間的に「男の子らしくない」ものでも、何も言わず、海の頭をそっと撫でる。そんな人に出会ったのは初めてだった。

海が好きなものは、わかりやすく言えば、女の子が好むものが多かった。洋服も男の子が着ているようなブルーや黒みたいな暗い色を選ばない。色つきのマシュマロみたいなやわらかく明るい色が海の好みだった。好きなのはふわふわのぬいぐるみに人形遊び。コロちゃんはあまりにも年季が入っていたので、新しい人形をプレゼントした。海の喜びようは尋常じゃなかった。海はその人形にミロちゃんと名前を付け、コロの妹にした。コロとミロは唯一無二の姉妹になった。

お互いの家を頻繁に行き来するのなら、家賃がもったいない、と思うようになって、私たちは二人の部屋を足したくらいの2DKの古いマンションで三人暮らしを始めるようになった。


「海を置いて出ていっちゃったの。海の母親は。海が五歳のときに」

小銭落としちゃった、みたいな口調で緑亮が私に言ったのは、三人暮らしの引っ越し荷物を新居にすべて運び終えたときのことだった。海はすでに隣の部屋で眠っていて、私と緑亮はスーパーの惣菜をさかなに缶ビールをのんでいた。

「子ども生んだからって母親になれない人もいる。……彼女にとってはキャパオーバーだった、ということかな……」

そのときの緑亮の口調も、子どもを置いて出ていってしまった妻を責めるものではなかった。

会社の同僚のちょっとした一言や、スーパーの店員のぞんざいな態度にもすぐに腹が立ってしまう気の短い私にとって、緑亮の話を聞いても、自分が生んだ子どもを置いていった海の母のことがまったく理解できなかったし、むかむかと腹も立った。

いつかのおにぎり山の頂上のときのように、緑亮はまた、やわらかい言葉で妻を守っている。

そういう緑亮の優しさに惹かれていったことは事実なのだが、緑亮のその甘さは、いつか緑亮自身が何かをしでかしたときに、簡単に自分を許してしまうのではないか、という漠然とした予感になった。

一緒に暮らすようになって、海は私のことを緑亮の恋人だと理解はしていたようだった。私のことは「美佐子さん」と呼んだ。それでもかまわなかったし、緑亮もそのことについて海に何か言ったりしなかった。だって私は、海のお母さん、ではなかったのだから。それでも、一見、「普通」の家族に見える三人の暮らしは、まるで木に擬態する蝶のように、世間のなかに溶け込んでいったのだった。

小さなハードルはあった。私の母だ。実家に戻って、今、こんな人とつきあっている。六歳の子どももいる。その人といっしょになるつもりで暮らしていると言うと、

「まあ！」と言ったまま、母と父は目を白黒させた。

私が持って行ったケーキを前にして、長い沈黙が続く。

「しゅ、出産もしないで母親になれるなんて、お得じゃない！」

絞り出すような母の一言だった。

とりあえず反対ではないらしい。けれど、「今度、家に緑亮と海を連れてくる」と言うと、再び二人とも黙ってしまった。娘がいきなり六歳の子持ちになるつもりでいる、ということは許容できても、すぐに緑亮と海に会いたいという気持ちはないらしい。

私も四十過ぎの大人だ。七十近い両親の気持ちもわからなくもない。反対されないだけましだ。とはいえ、私の心のどこかに小さな棘《とげ》のようなものが残ったのは確かだった。


私は緑亮といつかは結婚するんだろうと思っていたし、緑亮も同じ気持ちだと話してくれていたが、

「入籍は、あわてることもないんじゃない」と緑亮はいつものんきに言った。

その頃、私は不安だった。

緑亮と交際して瞬く間に一年以上が過ぎていた。海が小学校に入学し、間もなく二年生になるという日。私のほうから「籍を入れて、海と養子縁組をさせてください」と緑亮に頭を下げた。万一、緑亮に何かあったとき、緑亮の恋人でしかない私は、海をどうするこ

ともできない。加えて私に何かあったら……。

その頃、緑亮は家を空けることが多くなっていた。私たちを置いて週末ふらりとどこかに出かけてしまう。それくらいならまだ許せはしたが、緑亮の会社から「今日は休みですか？」と私のスマホに電話がかかってくることも少なくなかった。まるで学校をサボる高校生だ。

海の母と同じように緑亮もいきなり姿を消すのではないか、と疑心暗鬼になっていた。戸籍上、私が海の母になっていなければ、緑亮に何かあったとき、海の生みの母が海を引き取ることになるかもしれない。児童養護施設に引き取られることになるかもしれない。私は、海との繋がりを失いたくないと必死だった。

緑亮は、この期《ご》に及んで、入籍はまだ先でいいんじゃないと抵抗を見せたが、私も引かなかった。

そして、私は入籍して、緑亮の妻に、海の母になったのだった。

入籍した途端、緑亮のふらりといなくなる癖はますますひどくなった。

緑亮が帰って来ない日、海は、眠る時間になっても目が冴えてしまうようで、なかなか眠ろうとしない。指をしゃぶったり、時にはおねしょをすることもあった。

「海。私はずっと海のそばにいるよ。安心して」くり返し、私は言った。

母が突然いなくなり、また、父からも距離を置かれようとしていることを海は察知していた。それを海自身に原因がある、と絶対に思ってほしくはなかった。

海の不安定さは、緑亮だけが原因ではなかった。

小学校でいじめが始まったからだ。海の、海らしさをなんとなく許容してくれていた保育園とは違った。

小学校の入学前に、海が自分で選んだ赤いランドセルは、誰かの手でマジックでいたずら書きがされ、花のアップリケがついたトレーナーを着ていけば、アップリケの部分が無残にも鋏で切られていた。海は、誰かにやられたと私に訴えたりしなかった。

「どうしたの海⁉ 誰にやられた?」と幾度尋ねても、何も言わず、小さな手でランドセルやトレーナーを撫でて、今にも泣きそうな顔で私を見る。

「違う違う。海を叱ってるんじゃないよ」

そう言っても親指をしゃぶったまま、目の端に涙をためている。

それでも毎日、いたずら書きされたランドセルを背負い、海は学校に行った。

海が一人で歩いていく、その小さな後ろ姿を見ていたら胸が詰まった。登校中の子どもたちのなかには、海のランドセルを指差してひそひそ話をする子もいた。腹の底から怒りが湧いた私は、ある日の午後、会社を休んで学校に怒鳴りこんだ。

「いったいどういうことですか⁉」と大声で叫んだ私に、

「小さな子どもの集団だと目立ち過ぎる子はいじめられやすいんです」などと、口のなかで、もごもごとくり返す担任の若い教師に腹が立った。

「海にいじめられる理由があるってことですかっ！」

くってかかったが、それ以上、教師は何も言わず口を閉ざしている。まったく話にならない。今もこの学校のどこかで海がいじめられているかもしれない、と想像すると、頭がおかしくなりそうだった。

けれど、私がいちばん腹を立てているのは、今ここにいない緑亮に対してなのかもしれなかった。私の横に緑亮はいなかった。海の一大事だというのに、緑亮は日本のどこかをふらりと旅していた。今、海の味方は私しかいないのだ。

いじめられる海に非があるのでなく、いじめる友だちが悪い。海にどう言えばいいのか、どう言えば伝わるのか、頭を悩ませた。今までのように着たいものを着、生きたいように生きてほしかった。けれど、その結果、いじめられ続けて、学校に行けなくなることも怖い。子育ての正解がどこにあるのか私にはわからなかった。

その間にも、赤いランドセルは、さらに見るも無残な状態になっていった。このランドセルを海に背負わせて学校に行かせるわけにはいかない。私は海を町のショッピングモールに連れて行った。

ランドセル売り場に向かう。私が子どもの頃とは違い、ランドセルは赤と黒だけではなかった。オレンジ、黄色、グリーン、ピンク。でも、こんな色のランドセルを背負っていったら、また海は同じ目に遭うのではないか……。私は思わず、黒いランドセルを手にしていた。

「海……これはどう？」

海の目が泳ぐ。

「……うん……これでいいよ」

そう言いながら、視線はやっぱりカラフルなランドセルに向いている。その姿を見てはっとした。海が私に気を遣っている。こんな小さな子どもが。

「なーんてね。黒いランドセルなんてやめておこう。海の好きな色にしよう。これなんてどう？」

私はパステルピンクのランドセルを抱えて、わざとおどけて言った。

海の顔がぱっと輝く。

「うん！」

私はそのランドセルを海に背負わせた。その色は海にとても似合っていた。店員が、「汚れやすい色だから透明なカバーをつけたらどうですか？」と提案してくれた。どんなにいたずら書きされても、カバーだけを替えればいいのは、我が家の経済的にも有り難いことだった。

海が嫌いな黒い色のランドセルを無理に背負わせて、これならいじめられないだろうだなんて、そう思うことはやっぱり間違っている。

海はランドセルを背負って帰ると言う。

「美佐子さん、ありがとう」

「御礼なんて言わなくていいの」

私が言うと、海はランドセルを背負ったまま、ぴょこんと跳ねた。


「連絡します。あとからお金も送ります」

入籍して半年が経ったある朝、台所のテーブルにそんな書き置きがあった。

昨日の夜までいた緑亮が姿を消した。ずっとずっと前から予感はあった。私はその紙をくしゃくしゃに丸めた。海が襖《ふすま》を開けて隣の部屋から起きてくる。海も緑亮がいないことに気がついたようだった。

「あっまい、フレンチトーストを作ろう」

パジャマのままの海のおしりを軽く叩いて、冷蔵庫の中から、卵と牛乳を持ってくるように言った。銀色のバットのなか、卵と牛乳とお砂糖、バニラエッセンスを垂らした液体のなかに、少し固くなったパンを浸していく。それをのぞいている海の目から涙が零れた。

「おっと、お塩はいらないのよ」

私は歌うようにそう言って海を抱きしめ、くるくると回った。

「美佐子さんは、海のそばからいなくなりませんよ！」

変な節をつけてそう言いながら、私は回り続けた。くすぐったそうな声をあげて、海がやっと笑った。

海はうまいこと私になついている。私のような存在があらわれることを、緑亮はひそかに待っていたのではないか。疑心暗鬼な気持ちが生まれたが、でも、それは私も同じだ。母になること。今になって思えば、いつかそんな機会が来たらいいのにな、と漠然とでも思っていたのだから。

一方で、時々、私が無理を言って籍を入れたから、だから緑亮はいきなり姿を消してしまったのではないか、と思うことがある。緑亮にとっていちばん大事なことは、多分、何にも縛られずに自由に、自分の人生を生きることなのだ。

そうして、私と海との二人だけの生活が始まった。

私は緑亮と籍を入れたまま、外から見ると、海という子どもを一人で育てているシングルマザーになったのだった。

学生でいたときも、就職したときも、緑亮の妻になったときも、その肩書きと自分との間にかすかな隙間があったのに、シングルマザーという肩書きは私にぴったりだと思った。まるでオーダーメイドだ。緑亮なんか知りはしない。海の生みの母も関係ない。私は海の母親。そう思うと、すーっとソーダ水のようなものが背筋に流れていく爽快感がある。着慣れない衣装を着ている、という違和感がやっとなくなったのだった。

楽しいことばかりの毎日ではなかったが、働きづめの毎日でも、海が隣にいればそれで良かった。

その人がやって来たのは、海が小学四年生になり、夏休みを迎えるほんの少し前のことだった。

その頃、海は料理に夢中になっていた。

まずは、米をとぎ、炊飯器でごはんを炊くことを覚えさせ、次に、にぼしで出汁をとって冷蔵庫にある適当な野菜で味噌汁を作ること、その次に目玉焼きを作ることを覚えさせた。この三つができれば、私が仕事で遅くなっても、海は一人で目玉焼き定食を作って食べることができる。

海は私が思っている以上に器用で、最初は二、三回、指先を怪我することもあったが、すぐに包丁の使い方を覚えた。火の扱いも私以上に慎重だった。

スーパーに一人で買い物に行くようになったのもこの頃のことだ。

ある日の夜遅く、

「海に会わせてくださいませんか?」と、海の母だと名乗る女性から電話がかかってきた。

今にも泣きそうな声に聞こえた。一度は返事すらせず、電話をそのまま切った。それでも電話はかかってきた。

「ご迷惑なのはわかっています。でもお話だけでも聞いてくださいませんか」と彼女はくぐもった声で言う。

私は海を彼女に会わせる気などなかったが、言わないだけで、もしかしたら海は生みの母に会いたいのではないか、と思ったら電話を切ることができなくなった。

東京から仕事でこの町にやって来て、いられるのは二日後までだと言う。

なぜ今さら、どうやってこの番号を、何の用があるのか、と不審に思ったが、

「成長した今の海に会いたいだけなのです。海をどこかに連れ出したり絶対にしません」とくり返す。迷いながらも、翌日の土曜日、海の母を家に呼んだ。外で会って、万一、大きな声でも出されたら傷つくのは海だ。

そうして、その人はやって来たのだった。

海によく似た綺麗な人だった。

細身のスーツを着て、脱いだハイヒールを玄関の三和土《たたき》に揃える。

「海！」と彼女が呼びながら手を伸ばす。

「お母さんよ」と言いながら、海の小さな背中を撫でた。海が私のほうを見ている。

彼女は手にたくさんのお土産の包みを持っていた。包み紙を自分で開き、怪獣のフィギュアや、自動車のブロック、恐竜図鑑などを次々に海に手渡した。海は、どうしていいか

わからない、という顔をして、私の顔と彼女の顔を交互に見ている。彼女に促されるまま、恐竜図鑑のページをめくってはみるが、海の興味はそこにはなく、どこか上の空だ。

もしかしたら海は彼女に甘えたいのだろうか、私に遠慮しているのだろうか……。

迷った末に私は提案した。

「外で半日、海と過ごしてらっしゃってください。夕方にここに連れて来てくだされば」

彼女の目が潤む。小さく頷き、海の手をとった。海はどこか緊張した顔でいつまでも私の顔を見ている。私は海に大丈夫よ、という意味で微笑みかけ、二人が出ていくのを黙って見送った。

もし海が彼女と暮らしたいと言い始めたら……その可能性はなくはない。いや、まさか海がそんなことを言い出すはずがない。私の頭の中は相反する感情で忙しく、何かをしていなければ、どうにかなりそうだった。二人が出ていったあと、部屋中の床を、かたく絞った雑巾で這いつくばって拭いた。

海の保護者は私なのだ。何も心配することはない。

夕方、と言っていたのに、彼女と海が帰って来たのは昼すぎのことだった。

「海が好きそうなおもちゃ屋や本屋さんに行ったのに、もう帰ると言ってきかなくて」

私はテーブルの上にある彼女が持ってきたおもちゃや本に目をやった。「海が好きそうな」そう言った彼女の言葉が宙に浮く。どうして彼女はそう思ったのだろう。ふいに強い感情がわいた。今の海のことなんてなにも知らないのに。

「家に帰る。美佐子さんのところに帰る、って」

怒られていると思ったのか、海が私のほうに駆けて来て、背中に体を隠す。

その言葉に体中の緊張が一気にほどけていくような気がした。ふーっと音を立てずに息を吐いて、海の手を強くにぎった。海はきっとそう言うだろうと思っていた。それでも心配だった。それ以上に、私が海を手放そうとしていると、誤解させてしまったのではないか、と不安だった。

彼女は泣き笑いのような顔をしている。

私の背中にもたれかかったままの海に、隣の部屋で遊んでいるように言った。海は頷き、襖をそっと閉める。私はダイニングテーブルに彼女を座らせ、台所でお茶を淹《い》れた。彼女の前にお茶を出す。

「私、本当は……」彼女が私を見上げてひそやかな声で言った。

「………」

「私、本当は海を取り戻しにこの町に来たんです。でも……」

「でも？」

「海の母親はもう私じゃないんですね。ずっと美佐子さんの話を海から聞かされました。美佐子さんの作るオムレツがおいしい、美佐子さんから教わったシチューも作れるんだっ

文藝春秋の新刊

1

2024

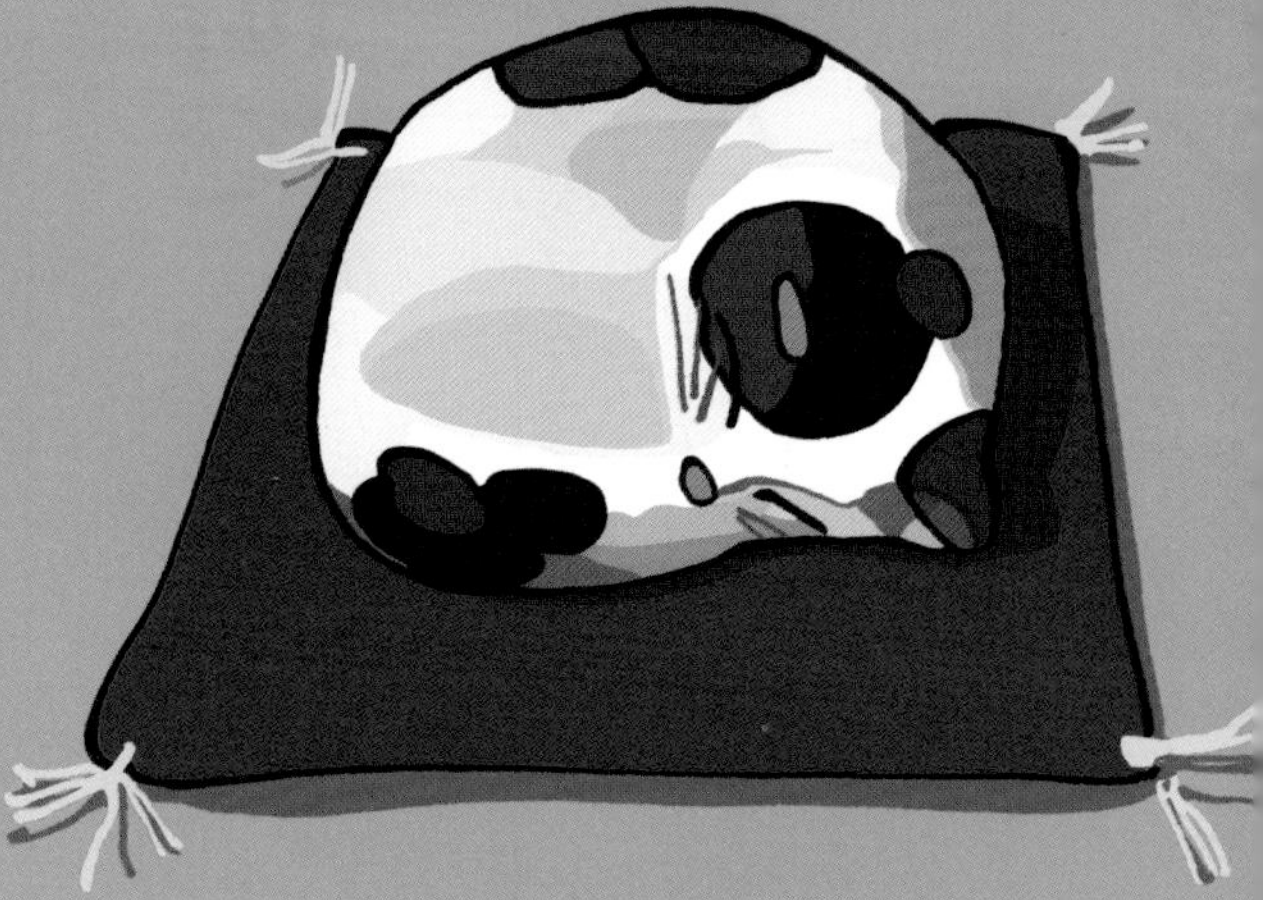

「福猫」©大高

ヒットマン
「前橋スナック銃乱射事件」
実行犯・獄中手記

小日向将人　解説・山本浩輔

般人3人の尊い命が奪われた、実
行犯の死刑囚が綴る衝撃の手記

◆1
四六
並製

16
391

●ウチの料理当番は飼い猫のミケ!?

にゃーの恩返し
～2人と1匹のウチごはん～1

山崎紗也夏

『シマシマ』『サイレーン』『アンダーズ〈里奈の物語〉』の山崎紗也夏初となる献立漫画。真似したくなるレシピがたくさん！

◆1月23日
B６判
並製カバー装

770円
090160-5

●〈どくいり　きけん　よんだら　死ぬで〉

昭和怪事件案内

ドリヤス工場

グリコ・森永、阿部定、三億円、口裂け女……。昭和の御世を彩った有名すぎる怪事件の「局所」に切り込む前代未聞のコミック事件簿

◆1月23日
B６判
並製カバー装

935円
090161-2

江戸の人気者が帰ってきた！　記念書き下ろし

恋か隠居か

新・酔いどれ小籐次（二十六）

佐伯泰英

869円
792152-1

人は運命に抗うことができるか？

奔流の海

伊岡　瞬

979円
792153-8

未来屋小説大賞受賞！　戦慄ミステリー

花束は毒

織守きょうや

836円
792156-9

室町を舞台に、ひとびとの流転と業を描く歴史小説

浄土双六

奥山景布子

902円
792157-6

読むと美術館に行きたくなる？　爽やかでやさしいアート小説

ユリイカの宝箱

アートの島と秘密の鍵

一色さゆり

770円
792158-3

犯人がアナログ過ぎる!?　ドタバタ狂言誘拐の行方は――

もう誘拐なんてしない

〈新装版〉

東川篤哉

946円
792159-0

て……」

彼女の声が震える。彼女はテーブルに突っ伏してしばらくの間、声を押し殺して泣いた。私はその姿をただ黙って見ていた。

確かに私は海を彼女に渡すつもりはない。

それでも、同情したわけではないが、彼女に「自分には母親の資格がない」とは思ってほしくはなかった。緑亮との結婚生活はなんとなく想像ができる。緑亮に我慢がならず、出ていったのだろう。

「海があなたに会いたいと言うのなら……」

「……」

「海があなたに会いたいと言うのなら、私はそれを止めたりしません」

「えっ……」

「海だって、いつかは私の手から離れるときが来ると思います。あなたに頼りたいと思うときが来るかもしれない。そのときはどうぞよろしくお願いします。海を」

彼女は頷きながら、また静かに泣いた。

そうして、彼女は半年に一度のペースで海にプレゼントを送ってくるようになった。

包みの中身は、相変わらず、いかにも幼い男の子が好きそうな怪獣やヒーロー戦隊物のフィギュア、冒険物の本、青や黒のスポーツウエア……。あの人はあの日、海の何を見ていたのだろう。今、海の母親は私なのだ。私が海の母親でいたほうが、海は海らしく生きていけるはずだ。私は自分に言い聞かせた。

緑亮は思い出したように時折、海の母は半年に一度、まとまったお金を送ってきた。私たちの生活にとって有り難いものではあった。けれど、緑亮に対しても、海の母に対しても、憤りに近い気持ちを抱いた。こんなにかわいい子どもをどうして置いていけたのか……。

私は、今、海がそばにいてくれれば、それでよかった。

中学生になっても、どことなく女の子っぽい雰囲気のせいなのか、小さないじめは継続していたようだった。小学校時代と同じく親しい友人はいないみたいだったけれど、家にいるときには熱に浮かされたように、クラスの男の子や、担任の先生の話ばかりするので、なんとなく海は男の子が好きなのかもしれないとぼんやり思っていた。

海は海。いつか緑亮が言った言葉が再生される。教育方針などというたいそうなものはない。食べていくだけで精一杯の毎日だけれど、私にできるのは、この言葉をくり返し伝えることだけだった。一緒にランドセルを買ったときの海の笑顔を何度も思い出す。海という一本の木のどの枝も曲げずに成長してほしい、強くそう思った。

振り返って思い出したのは、自分の中学時代のことだった。海みたいな子がクラスにいた。やっぱり、海のように「女男」といじめられ、男の子らしさを強要されていた。あの子もしかしたら海のような子どもだったのではないか……。あの子はどんな大人になったのだろう、と思った。

一方で、女の子っぽい、男の子が好きかもしれないという海のことを、そのまま受け止めることができるのは、私と海に血の繋がりがないせいではないか……。私は自分に疑問を抱いた。

もし、血の繋がった親子だったら、私はもっと深く思い悩んだりしたのではないか……。そう思うことを止められなかった。

海が高校に入ると、入学早々転校をさせる、という迷惑をかけた。

それについて、海が私に文句を言ったことはないし、そもそも海には反抗期というものもなかった。それも、私と海との間に血の繋がりがないせいかもしれない。私に捨てられることを怖れていたのだろうか、と思えば、どこかうすら寂しい気持ちにもなるのだった。

高校生活がうまくいっているのではないかと思ったのは、中学のときとは違って、璃子ちゃんや忍君という友人たちが、家に遊びに来るようになったからだ。海の様子を見て、忍君のことが好きなのだろうということはすぐにわかった。璃子ちゃんとはまるで双子のきょうだいのようにじゃれあっているが、忍君を見る目は熱い。

平日は海がバイトをしているので、彼らは休日にやってきた。海はよく彼らのためにバイト先で習ったというドミグラスソースがけのオムライスを用意し、プリンを焼いた。

そんなときは、「私、買いものに行ってくる」と、彼らの邪魔をしないようにと気遣ったが、海も璃子ちゃんも忍君も、ここにいてほしいと言う。彼らは海の作ったものをよく食べ、よく話した。その中心に海がいることがうれしかった。

「僕、美佐子さんが自分の親だったら、どんなによかったかと思います」

ある日、家に遊びに来た忍君が、私に突然そう言った。

その日は璃子ちゃんはおらず、海は料理に使うケチャップがないといってスーパーに出かけていた。

大学受験を間近に控えて、忍君も璃子ちゃんも予備校が忙しくなり、この部屋に来ることは以前よりも少なくなっていたが、それでも、月に一度くらいはやって来ることがあった。

「だけど、貧乏させるよー。子どもにバイトもさせるし。よくない親よね」

私はふざけて言った。

「いいえ。美佐子さんはちゃんと海のこと、理解しているじゃないですか。それに無理に大学に行けとも言わないし」

「それは海の学力が伴《ともな》わないからだよ。それに、海はそもそも勉強にあんまり興味はないみたいだし……なに、忍君、大学に行きたくないの？」

「大学には行きたいです……だけど、やっぱり、うちは父の意見が強くて……東京の大学に行くのなら、この大学以外はだめだとか……」

次の言葉を待ったが、それ以上のことを忍君は言わなかった。私は忍君のカップに紅茶を注ぎながら言った。

「十八過ぎたら、親の言うことなんてきかなくていいよ」

「えっ」

「親の仕事は十八くらいまでで終わるんじゃないかな」

忍君に、というより、自分に言い聞かせるように続けた。

「……十八？」

「だって、忍君はもう一人の成人なんだよ。東京に行ったら、忍君の生きたいように生きればいい」

「……僕の生きたいように？」

「それができるんだよ。もうすぐ、東京で。というか海もくっついていくけれど」

笑いながら言うと、忍君は俯いて静かに笑った。

「いつまでも仲良くしてね、なんて子どもみたいなことは言う気はないの。東京に行ったらいろいろ気持ちも変わるかもしれないし、自分が感じたことや思ったことをいちばんに考えてね。変に海に気を遣ったり、忍君のお父さんの気持ちを優先させたり、もうそんなことをする必要はぜんぜんないんだから」

はい、と忍君が俯く。

その頭を私はそっと撫でた。短い髪の毛は、赤んぼうのようにやわらかかった。

東京がどんなところなのか私は知らない。けれど、この小さな田舎町よりは、たくさんの人が、いろいろな価値観を持った人がいるはずだ。

二人が自分の生きたいように生きられる場所が東京にあればいい。

私は心のなかでひそやかに祈った。

忍君が帰った夕方、海は台所で洗い物をしていた。

「今日のオムライスもおいしかった。私が作ってきたオムライスなんて、海のオムライスと比べたら、天と地くらいの差があるね、プリンもパティシエが作ったみたい」

「忍が好きなんだよ、オムライスとプリンが。子どもみたいだよね」

そう言うと、海の頬がほんのり赤くなった。

「……美佐子さんが初めてオムライス作ってくれたこと、ぼく、覚えてる。すっごくおいしかったから」

「恥ずかしいなあ。料理なんて得意でも好きでもないのに」

「そんなことはないよ。美佐子さんの作るものはなんでもおいしいってぼくは思ってたよ。

ううん、今も思ってる。父さんも料理を頑張ってくれたけど、オムライスなんて作ってくれたことなかったもん。カレー作ったら、三日間ずーっとカレーとか」

ははは、と海と私は笑った。

「……そのずっと前の、美佐子さんと会ったいちばん最初、美佐子さんの会社に行ったことも覚えてる」

「ええっ、そんな前のこと？」

「なんだっけ？　折り紙で鶴？　折ってくれたでしょう。そのとき、美佐子さんの爪がピンク色でピカピカで。そのあと、多分、ぼくが寝ちゃったときにかけてくれた毛布？　すっごいいいにおいがしてさあ、ぼく、あれ、家に帰ってからも寝るときずっと触ってたんだ。早く返さないとって父さんにも言われたけど、ぼく、あれがないと眠れなくて……あれ、どこに行っちゃったんだろ」

「もう、そんなに前のこと、いいよ……」

「ごめんね」

「いいってば」

「あのさ……」

「うん？」

「……美佐子さん、ぼくのことかわいそうに思ったんでしょう？……」

「ちがーう」私は洗ったばかりのスプーンを振り回して言った。

「私が海といっしょにいたくてそうしたの。今もそう。緑亮のこととか関係ない」

「……そっか」

私は皿を拭いている海に近づいて手を伸ばした。私よりずっとずっと小さかったのに、今はほんの少し背伸びをしないと届かない。そのやわらかな髪の毛をくしゃくしゃにした。

「忍君も璃子ちゃんも私は、好きよ」

「どうしたの急に？」

「海に、いい友だちがいて、それがすごくうれしいんだよ」

私はそれだけ言って夕暮れのベランダに出た。洗濯物を取り込みながら、部屋のなかにいる海を見る。急に海が大人になった気がした。


忍君と璃子ちゃんは東京の大学に無事に受かり、海は調理師専門学校に通うことになった。忍君と璃子ちゃんの大学はそれほど離れてはおらず、二人はそれぞれ大学の近くに部屋を借り、二人の部屋から遠くないところに海も部屋を借りた。

今は東京にいる緑亮が、最低限の手助けをしてくれた。

私は一度も東京に行かなかったし、手伝わなかった。

アパートや学校の手続きや準備も、海にまかせた。

学費は、私の貯金ではすべてまかなえず、どうしようもなくなって海の母に頼った。それを海の母に頼む連絡をすることに、私はずいぶんと迷った。母親失格、という言葉が幾度も頭をかすめたし、恥の感覚もあった。

母親の顔をしているくせに、いざというときに海の力になれない自分の無力さを悔いた。この期に及んでも、海の母親は私でよかったのか、という思いを引きずっている自分が情けなかった。それでも海には言った。

「学費の一部は海のお母さんが出してくれたんだよ」

そう言うと海は神妙な顔で頷いた。

海が家を出る前の晩、海が作った料理を二人で食べた。

筑前煮にミートローフに、空豆のポタージュスープ。私の好きなものばかりがテーブルに並んだ。私が海に教えたことのない料理もある。いつの間にか、海が一人で覚えたのだろう。

「おいしい！」と声をあげると、海は「よかった！」とほっとした顔をする。

二人だけの春の夜が更けていく。ふいに海が言った。

「美佐子さん、やっと一人になれる」

「えっ」

「もうぼくの面倒をみなくていいんだ」

「……」

「美佐子さんは、これからなんでも好きなことをすればいい」

そう言われても、何が好きだったか忘れてしまった。この十二年、私は海に夢中になっていて、ただそれだけで精一杯の日々を過ごしていただけだった。

海と初めて会った日のことが頭に浮かぶ。ぽきりと折れてしまいそうな首や腕。やせっぽちで目ばかり大きかった子ども。

「……なんにも海にはしてあげられなかった」

「ううん。ぼく、美佐子さんと暮らせてよかった。美佐子さんがぼくを守ってくれた」

目の前の料理がぐらぐらと揺れ始める。

海が東京に行って、離ればなれになることが、今生《こんじょう》の別れであるはずもない。東京はここから特急で二時間もあれば行けてしまう場所だ。

けれど、私は東京に海を訪ねて行ったりしないだろう。そんな気がした。

私はその夜、普段飲まないワインを開け、歌を歌い、めちゃくちゃな踊りを踊った。海も私につきあって、歌い、踊った。途中で隣の部屋の人に壁を叩かれ、声を潜めた。

「明日は見送らないよ。一人で行きなさい」

「えー」という海の声がしたが無視した。

自分の部屋に引き上げ、布団に横になり、歯も磨かずに、掛け布団にくるまった。眠りに落ちる一瞬に襖の向こうから、「母さん、ありがとう」という声がしたような気がしたけれど、もしかしたら夢だったのかもしれない。

翌朝、目を覚まして台所に足を向けると、昨日、使った食器はすべて洗われ、片づけられていた。水道の蛇口からコップに水を注いで、一気に飲み干す。首元に垂れた水を乱暴に腕でぬぐった。

海の部屋に入る。

ほこりが転がっているだけで、ベッドも机もない。けれど、部屋の隅に何かを見つけた。海が子どもの頃、始終抱いていたミロちゃんとコロちゃんだった。二人に、布団のようにハンカチがかぶせられている。そのハンカチには見覚えがある。緑亮と海と初めておにぎり山に行ったとき、お弁当を包んでいた兎柄のナプキン。海がずっととっておいたなんて初めて知った。

私はナプキンをめくり、ふたつの人形を腕に抱いた。

そうして、声をあげて泣いた。

第三話　忍

子どもの頃から父や母に連れられて、東京を訪れていたけれど、旅行者と生活者では大違いだ。大学に進学して、東京にやって来て、自分はそれを実感した。

東京ならどこでもいいと思っていたのに、住まいは大学のある町に、と父が独断で決めてしまった。自分が生まれ育った町と今住む東京の町には大きな違いがある。

とにかく人が多い。大学がある町だから学生が多いのはわかる。でも、それだけじゃなく、人口密度が高い。特に、外国の人が多い。生まれたあの町にも、コンビニや工場に勤務している外国の人はいた。東京は、コロナで外国の人が減ったと聞いていたけれど、それでもたくさんの人とすれ違う。アジア系の人も、日本語学校も多い。

町のにおいも違う。ほこりっぽい生々しさがある。狭い間口の店先に、独特のにおいを発するドリアンがごろりと売られていてぎょっとする。それでも、これだけいろんな人がいれば自分の存在なんて紛れてしまうだろう、ということに安心する。

眼鏡を外し、パソコンの電源をオフにして、振り返る。

それにしてもこの部屋。父が選び、借りてくれた２ＤＫのオートロックのマンション。

自分一人には広すぎる。家賃も生活費も親がかりで、バイトをするからいい、と幾度も訴えたのに、父からはそんな時間があるのなら勉強をしろ、と言われた。

コロナはまだ猛威をふるっていて、自分のいる学部は対面授業とリモートが6対4くらい。二十人くらいの少人数の語学のクラスは対面で行われ、リモートはＺｏｏｍがほとんど。顔出しをするかどうかは先生にもよるけれど、自分がとっている授業は顔出しをしない場合が多かった。対面授業だって、マスクをしているから誰が誰だかわからず、もうすぐ夏休みだっていうのに、まだ大学で親しい友人すらいない。自分と同じように東京に進学した璃子と海の存在がなければ、とても孤独だったと思う。

キッチンには段ボールが口を開いたまま放置されている。定期的に届けられる母からの荷物。パスタソースや缶詰など、東京でも買えるものばかりだ。自分が食べたり、璃子に持ち帰ってもらったり、海がアレンジして使っているものの、なかなか減らない。

父が借りてくれた広い部屋に住み、母が送ってくれた食材を口にする。

あの町を離れたのに、まだあの町にいるような気がする。

ベランダに目をやると、海が着ていたＴシャツが風に揺れている。

海がこの前、この部屋に泊まったとき、置いていったＴシャツだ。胸にカエルのワンポイントが刺繍《ししゅう》されている。そのカエルの顔を見て自分の顔に笑みが浮かぶ。Ｔシャツを見ているだけなのに、海が好きだ、という気持ちが湧いてくるのはどういう心の仕組みなのだろうと思う。カエルを見ている今だけじゃない。何かに集中しているとき以外は、頭のなかは海が好きだという思いに占領されている。会えないときは海を思い、会っているときは、海がこの部屋から帰っていくことを想像して悲しくなった。

あの町では表に出すことのできなかった海が好きだという気持ちを、この部屋では誰にもかまわずにあらわしていいんだ。あの町にも自分一人の部屋はあったけれど、家族がそばにいれば、自分の思いは自由自在にならなかった。ずっと息を止めて潜水していたような自分の心が、やっと水面に顔を出し、肺いっぱいに空気を吸い込んだ気持ちになる。

海は調理師専門学校に入学を決め、学校に近い私鉄沿線に住んでいる。専門学校の授業に、学校が終わってからはイタリアンレストランでバイト、と日々忙しく過ごしているので、毎日会うというわけにはいかない。それでも週末や、バイトが早く終わった日には、海はこの部屋にやってきて、いっしょに過ごす。誰にも邪魔されない二人だけの時間だ。そうはいっても、その気持ちをあらわすのは、この部屋のなかだけで、外に出たら、海と自分は手すら繋がない。

「自分のことを、自分たちのことをカミングアウトしない」

そう二人で詳しく話し合ったわけではないが、それが僕らの共通認識で、外ではまるでただの友人のように並んで歩いて、そういう気配をなるべく消して過ごしている。そのことに不満はないのだけれど、ふと、海はどう思っているのだろう、と考えてしまうことがある。

東京に来て、四カ月が過ぎた。「カミングアウトしなくちゃダメなのかな」と海が自分にたずねたのは二人が高校一年のときだ。あれから数年が経過した。海の気持ちは変わっていないだろうか。そう思いながらも、海に聞けずにいる。海はまだ自分のことを好きだと思っているだろうか。そんなずっと手前の気持ちに思わずつまずきそうになる。


夕食は海が作って冷凍しておいてくれた料理を電子レンジで温めて食べた。

海は東京という町を自分よりもすいすいと泳ぎこなしているように見える。髪を自分で明るく染め、ピアスを開けた。背もぐんと伸びた。自分より三センチも高い。

海の料理はこの町に来てから、またいっそううまくなっている。タッパーに入っていたのは、ロールキャベツのクリーム煮のようなもので、自分はこんな料理を食べたことがないし、知らないスパイスの味がする。複雑なその味を知っている海に、なぜだか嫉妬のような微妙な距離感を感じてしまう。

「『君、そうなの？』って調理師学校で同級生に言われたんだ。ピアスのせいかなあ……うん、って答えたけど、いじめられたり噂になることもなかった。よかった。ほっとしちゃった」

その同級生とはその後、海と二人で歩いているときに、町で偶然に会ったことがある。

「ほら、ぼくのことを言い当てた……」

海はけろっとそんなことを言い、自分はただびびって立ち尽くしていた。悪そうな人には見えない。線の細い性格の良さそうな人だ。自分と海を見ると、

「デートか、いいなあ」

それだけを言い残してすっと消えるようにいなくなった。海は言った。

「東京だとこんな感じなんだ。いいね、ここは」そう言って立ち止まり、腕を広げて深呼吸をした。

まるで自分の住む東京と、海の住む東京は違う町のようだ。

海は学校やバイト先を足がかりに、アメーバみたいに触手を伸ばして、東京という町に馴染んでいる。そのことが少し、ほんの少しだけ悔しいし、あせりもする。海と自分とは、根本的に違う人間なのかもしれない、とも思う。

ふいに美佐子さんのことを思い出す。窮屈《きゆうくつ》なあの町で、美佐子さんと海が暮らすあのアパートで言われたこと。

「東京に行ったら、忍君の生きたいように生きればいい。……自分が感じたことや思ったことをいちばんに考えてね」

そう言われても、どう生きたいのかが、自分にはわからないのだ。自分の親は美佐子さんが言ったような言葉をかけてくれなかった。海と美佐子さんとの間には、血の繋がりは

ないのだと聞いた。だから、海を海のままで愛するような、ああいう接し方ができるのだろうか。

ふいに携帯が鳴る。あの町にいる母からだ。

「元気でやってる?」

少し考えてから、

「うん」と答える。

「ちゃんと食べてる?」

「食べてる」

「大学はどう?」

「まったく問題ないよ」

いつもと同じ問い。いつもと同じ答え。それでも母の声を聞けば心のどこかが安心するし、母も安心している様子だ。それなのに、僕を産んだ母は、息子の本当のことを知らない。いや、知っているのだろうけれど、「そうなの?」と尋ねてきたりはしない。言い出すのを待っているのか、あの噂は間違いだったと思っているのか、それとも、息子はもう普通の息子に戻っているのだと思っているのだろうか。

いつか、このことで、自分は母と対峙するのだろうか。

そんな日が来るのかと思うと、やっぱり怖いのだ。

生まれていちばん最初の記憶は、三歳頃だろうか。父が選挙で勝ったときの光景だ。目《め》眩《くら》ましのようなカメラの連続するフラッシュ。そのとき町議に初当選した父は幼い自分を抱き上げ、カメラに向かってガッツポーズを決め、母は父の隣でハンカチで目をおさえていた。

父はあの町で目立つ、強い人だった。

けれど、その強さを家族に誇示したり、自分に「強くなれ」などと言ったことはない。それよりも、家にはいないことが多かった。家事や、自分と妹の育児は、母一人が担っていた。父がたまに家にいて、いつもは誰も座っていない夕食の席にいたりすると、皆がどこか緊張していた。暴言を吐くわけでも、暴力をふるうわけでもない。けれど、父がそこにいて、笑みを浮かべているだけで、自分はどこか落ち着かなくなるのだった。そんなときは父だけが、夕食を食べながら、あるいは食後、テレビを見ながら独りごちていた。

「この人は〇〇大学を出た立派な人なんだ」

話は近所の人の話や親戚の話にも及んだ。

「大学を出てそれなりの会社に入った〇〇さんはたいしたもんだ」

「やっぱり大きな会社にいる人は違うなあ」

「〇〇の息子さんはサッカーがうまくて頼もしい」

「やっぱり人としての明るさと性格の良さ。それがなければ、なにをやってもだめだな」

母はただそれに笑顔で頷いていた。そんな話を自分はくり返し聞かされ成長した。父の話が自分のなかに刷り込まれた。

父は自分に勉強や運動で一番になれ、などと面と向かって一度も言ったことはない。母も同じだ。それなのに、どこかの時点で、父にとって恥ずかしい子どもになってはいけない、と強く思うようになった。それは父が町会議員という、町の多くの人に顔を知られる仕事をしていたことと、無関係ではないと思う。

自分は父のことが好きだったし、誇りにも思っていた。でも、くり返し交わされる父と母との会話のなかの価値観が僕を縛り上げていた。勉強や運動ができなかったら、きっと父は自分のことを愛してはくれないだろう。父が好きなのは、明るくて、何にでも果敢に挑戦する強い息子だろう。幼い自分はそう思い込んだ。だからそういう息子になろうと思った。

自転車は買ってくれたその日に補助輪を外してもらい、二度、三度と大きく転びながらも、すぐに乗れるようになった。九九を覚えたのも、プールで泳げるようになったのも、クラスでいちばん早かった。自分は本来、地頭がいいわけでも、生まれつき運動神経がいいわけでもない。だから、自分で言うのもなんだけど、勉強も運動も、とてつもない努力が必要だった。

毎日の予習、復習は欠かさなかった。塾に通っていることを知られるのも恥ずかしくて、家庭教師を雇ってもらった。体力をつけるため、毎日、家の裏の山道を走った。誰かに目置いてほしくて努力して、そうして実際にそうなった。まわりは自分の存在を認め、すすめられるまま、ホームルーム委員長になり、生徒会長になり、卓球部の部長を務めた。

美佐子さんが言ってくれたみたいに、自分の感じたことや思ったことをいちばんに考える、なんて視点は、当時はなかった。父はきっと、強くて明るくて勉強や運動のできる自分が好きなはず。そう思って、勝手に作り上げた「よき息子」という鋳型《いがた》のなかに、僕は自分の頭や手足を収めていった。実際のところ、僕は「よき息子」だった。そして、父から褒められれば天にも昇るくらいうれしいのだった。

そんな自分でも、自分を制御できない、ということが起こった。中学二年のときだった。自分の通う中学で、卓球部の他校との練習試合が行われた。自分とは異なるユニフォームを着た生徒たちが窓に暗幕を張った体育館にぞろぞろと入って来た。そのなかの一人から目が離せなくなった。見た瞬間から目がその子を追ってしまう。そんな体験は初めてだった。相手は自分の視線に気づいてはいなかったが、この感情をまわりに気づかれるのはまずいと瞬時にわかって、同級生たちとの会話に何気なく混じった。

その子は中三で、対戦相手ではなかったけれど、試合が始まって驚いた。

ぐいぐいとカットを挟んで攻め込んでいくような、自分の部活仲間にはいない攻撃型のプレーヤーだった。練習試合は慌ただしく終わり、彼らは体育館を後にした。その子の背中を目で追った。体育館から外に出て行くその背中が小さくなっていく。いつものように皆で卓球台を片付けているときにも、その子の顔が胸のあたりにちらつく。締めつけられるような切なさが、胸から全身に広がっていく。自分のなかで激しい葛藤《かっとう》が生まれた。恋、というもの、自分以外の誰かを好きになる、ということを、まだ体験したことはなかったが、でも、これがもしかしたら……。心のなかで頭を振る。あってはならないことだ。だから、その気持ちを瞬時に心の奥深くに埋めた。

けれど、試合から日を経ても、固い土から時間をかけて地表に出てくる芽のように、あの子が好き、という気持ちが蘇る。これが同級生たちがよく騒いでいる恋、というものなのかもしれないと思ったら恐怖が生まれた。もちろん、同級生たちのように、その気持ちを相手に告げるとか、なにかしらの行動を起こすつもりなどまったくなかった。

それよりも自分は同性が好きなのだ、という事実にひどく困惑していた。「よき息子」である自分が、同性が好きなわけがない。深く分析することもせずに、再び、その思いを自分の奥深くに置き去りにした。自分で自分を縛り上げた。男の子が好き、などということは絶対に誰かに知られてはいけないものだ。だから、自分はすぐにガールフレンドを作った。デートらしきことだってしてした。

中学のときには二人、高校に入ってからは、小学校からの幼なじみで同じ高校に進んだ沙織とつきあった。沙織はあの町の、市長の娘だ。家族同士仲が良く、家庭環境もなんとなく似ていたから、友人として気が合った。けれど、それで済むはずもなかった。沙織は自分のことを友人以上の関係にしたがっていた。高校のなかでは、自分と沙織はつきあっているカップルとして認知されていた。それでよかった。誰よりもそう思われたがっていたのは自分なのだから。普通の、男の子と女の子とのカップルはつきあっていればこんなことをするに違いない……。頭で考えて、自分はまた「普通の男女のカップル」という鋳型のなかに自分を押し込めたのだった。

沙織と休日に会い、ショッピングモールや映画館でデートした。男として沙織に恋愛感情などないのに、手を繋ぎ、キスだってしてした。直後はひどい自己嫌悪に落ち込んだ。沙織にひどいことをしている。その自覚はもちろんあった。けれど、周囲から「あの二人はつきあっているカップル」と思われているということが、大きな安心感をもたらしたことは確かだ。

沙織との交際は父にも母にも知られていたから、誰も自分のことを疑ったりもしない。このまま何事もなく時が過ぎてくれればいい。そうすればずっと本性を明かさないまま、逃げ切ることができるはず。それが自分の願いだった。海が転校生として、自分の高校に来るまでは。

海が自分の高校にやって来た一日目のことを今でも覚えている。

ひょろりとした海は、小さな声ではっきりしない自己紹介をして、教師にすすめられるまま、席に座った。マスク姿で顔半分はわからない。最初から海に興味があったわけではない。先生がホームルーム委員長の自分に学校の各場所を海に案内するように言い、従順にそれに従ったけれど、海はそんなこと、どうでもいい感じだった。そんな態度をとる海に正直なところ、いらついてもいたのだ。

海、という人を意識し始めたのは、クラス対抗の駅伝大会のときだった。あの頃、自分はもういっぱいいっぱいだった。先生の言いつけを守る、親には反抗しない、だけど、本当の自分のことは誰にも言えない。しかも駅伝大会では皆が優勝を期待していた。

「長岡君が走るんだったら、絶対に大丈夫だよ！」

そんな大雑把な期待を背負わされて、自分は走った。けれど、次の区間が見えてくるあたりで派手に転んだ。なぜだか足がもつれたのだ。左足を挫いたようで鈍い痛みが走った。それでもよろよろと自分は走った。そんな自分が恥ずかしかった。自分のせいでクラスは負けるだろう。そう思ったら目の前が急に暗くなった。

次の区間を走るのが海だった。足を引きずる自分に気がついたのか、海が慌ててこちらに走ってくる。海の姿が近づいてくるにつれ、足の痛みで顔が歪んだ。今、海に代わってもらえれば、タスキは繋げる。

「これ持って走って」と言った自分に海が素《す》っ頓狂《とんきょう》な声を上げた。気づくと、海が自分の目の前でしゃがんでいる。自分の背中に乗れ、と言う。自分は迷った末に、海の背中に乗った。広くもない背中だけれど、その背中は温かかった。なぜだか鼻の奥がつん、とし始めた。自分は幼いときから人前で泣いたことがほとんどない。それなのに、海の背中の温かさに涙が湧いてしまうのだ。その理由がわからなかった。奥底に押し込めた自分が顔を出してきそうで怖かった。

「もう大丈夫」

無理矢理、自分は海の背中から降りた。眼鏡が涙で曇っているのがめちゃくちゃ恥ずかしかった。山のほうから名前のわからない鳥の声が聞こえる。それ以外は風の音しかしなかった。海がマスクをずらし、次に自分のマスクを下ろし、頰にキスをした。

あまりに突然のことで自分は海の体を押し返した。それなのに、海は再び、キスとはいえないほどの軽さで僕のくちびるに触れたのだった。自分の鼓動が体を突き破って聞こえてきそうだった。

海のキスが恋愛のキスではなく、自分を励まそうとしているものだってわかってた。でも、沙織とキスしたときとはまるで違った。沙織には本当に悪いけれど、沙織とキスしたときにはまるで心は動かなかった。けれど、海とキスしたときは、自分の心を封じていた重い石がごりっと動いたような気がした。その瞬間に恋に落ちた、と言ってもいい。海への気持ちは日々つのった。

ホームルーム委員長だとか、町議をしている父の息子だとか、優等生だとか、いろいろなそんなこと。誰に背負え、と言われたわけじゃないのに、自分はさまざまな鎧《よろい》を身につけていた。それをもう脱ぎたいと思った。生身の自分で生きたい。だって、生身の自分が殻を破って外に出ようとしているからだ。もう逃げることはできない、と思った。

自分は男の子が好きだということから。自分は海が好きだということから。

海への気持ちが高まり過ぎて、自分は一人、海のあとをつけ、住んでいるアパートに行ったり、バイト先の喫茶店の扉の前まで行ったこともある。もちろん、そんなこと海は知らない。あの頃、今思えば、自分はちょっと危ない人になっていた。

学校では素知らぬ顔をしながら隙があれば海を見つめた。学校の外では、ほんの少しの時間でも、海のそばにいたかった。恋する心の苦しさを海から教えられた。海を好きな気持ちがつのって、以前と同じように沙織といることに耐えきれず、彼女に自分の本当の気持ちを伝えた。

「羽田のことが好きなんだ」

そう言ったときの沙織の顔を自分は一生忘れることはないだろう。深く、沙織の心を傷つけた。自分が思っているよりもずっとずっと深く。自分は最低な人間だと思い知った。

沙織が皆に言うだろう、ということは沙織に告白する前からわかっていたことだ。そうして実際にそうなった。沙織や沙織がやったことを恨んではいない。男子からは気持ちが悪い、という視線を向けられた。それは予想していたことだったけれど、女子から、あなたのことを理解している、という視線を向けられることは予想外のことだった。そちらのほうが居心地が悪かった。

その噂は学校内だけでは収まらず、日を置かずに自分の家族に知られることになった。学校の女子たちと同じように、妹は自分の部屋に来て、「お兄ちゃん、なんかかっけー」と言ってはしゃぎ、父や母には決して見せない顔で笑った。

母はそんな話は耳にしたこともない、という態度を貫き通し、いつも通りに家族の世話を焼いた。仕事で深夜に帰宅した父は、キッチンで水を飲んでいた自分に、

「忍のことは理解するけれど、これ以上まわりに知られるな」とだけ言い、寝室に去っていった。そこに感情の起伏はなかった。怒りとか、悲しみといった表情もなかった。

そう言った数週間後に、

「また沙織ちゃんを呼んで家で食事でもしよう」と口にした。

自分の本当の姿が父にとっても母にとっても「なんにもなかったこと」になっている。そのことが悲しかった。

父とのことを海に伝えたとき、この小さな町でもうあえて大きな声で言う必要はない、と言われた。正直なところ、その言葉にかすかに失望した。けれど、海のその言葉が自分

を慮《おもんぱか》っている言葉だということに気づくまで時間がかかった。

東京に行こうと、海と自分は約束した。東京でなら、自分の素性《すじょう》を隠す必要もないだろう。そう思ったのだ。だから、その出来事から二年、自分と海は、海のアパート以外で自分たちの本当の姿をまわりに見せることはなかった。それでも、学校のクラスメートは自分らのことを「そういうカップルなのだ」と認識し続けたし、時には下卑た言葉で茶化されることもあった。けれど、海と自分は何も主張することなく、からかいに刃向かうことなく、あの町での二年間をやり過ごしたのだった。


美佐子さんは海とは血の繋がっていない母親で、緑亮さんは海の実の父親だ（自分は心のなかで緑亮と呼んでいるけれど）。海は東京に来て、緑亮さんとよく会うようになった。

「父さんはある日いきなりいなくなったんだよ」と海からは聞かされていた。

「えっ、どうして？」思わず自分は尋ねた。

「何かそのときやりたいことがあったんだって。カメラマンとか？　ぼくも子どもだったからよく知らないんだけど」そう言ってなんでもないことのように海は笑う。

美佐子さんという人がいなければ海は児童養護施設とかに入ってしまっていたのかもしれないのに。なんて無責任。そんな親がこの世にいるなんて。東京には、海の生みの母親もいるはずだが、いつの間にか、連絡がとれなくなってしまったらしい。なんて無責任。

その話を聞いたとき、海のことがかわいそうになって、思わず海の頭を撫でた。

「かわいそう、と思われるのもなかなかに負担なんだよ。ぼく、ぜんっぜんつらくなかったからね。いつもそばに美佐子さんがいたし」

海は半分ふざけたような声で言い、腕をすっと伸ばして、自分の頭を撫でてくれた。

緑亮さんが来て、三人でこの部屋で海の作った料理を食べたこともある。

緑亮さんはその風貌からして、自分の父とはまったく違っていた。白髪交じりの長い髪の毛を後ろでひとつに結び、カラフルな絞り染めのTシャツを着ていた。

海と唯一似ているところは、背の高さくらいだろうか。それ以外はあまり共通点もないし、顔も似ていない。

緑亮さんは自分のマンションに来て、その広さと新しさに目を丸くし、

「君のお父さんはいったい何をしている人なの？」

と、ストレートに聞いてきた。

「……町会議員です」

と答えると、緑亮さんは露骨にしかめっ面をした。父の職業を伝えてこんな反応をする人は初めてだったので呆気にとられた。でも、自分の顔は強ばっていたのだろう。テーブルの下で、海が自分の足を蹴って、視線を投げかける。そして、ごめん、と言うように、目配せした。

海が作ったものを緑亮さんはよく食べた。緑亮さんのために少し値の張るワインも数本用意したのだが、そのワインをまるで水を飲むように緑亮さんは口にする。

「海がこんなにおいしいもの作れるなんて」と何度も言っていたけれど、海が料理好きになったのは、美佐子さんが仕事で忙しかった、というやむにやまれぬ事情もあったかもしれないと思うと、とにかく緑亮という人がなんだか許せなくなった。そのことも自分を居心地悪くさせた。そんな自分の心の内側に緑亮さんが気づくわけもなく、

「海の恋人に会うのは初めてなんだ」と、ただただうれしそうだった。

そうか。海と自分は恋人。そう言われてうれしかったことは確かだけれど、実際のところ、血の繋がった父親がそんなふうにあっさりと息子と自分との関係を認めてしまっていいのか、と思ったのも事実だった。親としてもっと葛藤とか、抵抗とかはないのか？　そんなふうにあっさりしているから、海を置き去りにできたんじゃないのか？　心は穏やかではなかった。やっぱり、自分は緑亮さんという人間が苦手なのだと思った。

あれだけワインを飲んでもちっとも酔っている気配がない緑亮さんが自分に向かって言った。

「忍君、海っていいやつなんだよ」

「知ってます」と即答すると、緑亮さんが吹きだした。

「うん。そりゃそうだよな。だから、これからもよろしくな」

そう言って手を差し出してくる。一瞬間を置いて、緑亮さんの手を見た。例えば自分の父の手、あのふわふわして肉付きのいい白い手とはまるで違う。日に焼けて、筋張った、働く人の手だった。宅配便の仕事をしている、と聞いていたけれど、緑亮さんが重い荷物を運んだり、大きなトラックを器用に運転していることは、易々《やすやす》と想像がついた。

「海がいいやつなのは知ってます」

自分はそう言って、手を差し出した。緑亮さんががしっと手のひらを摑む。その手のひらの熱がちょっと気持ち悪くはあったけれど、とにかくこの夜、自分と緑亮さんは握手を交わしたのだった。

緑亮さんが帰ったあと、自分と海はキッチンの流しに並んで、皿やグラスを洗っていた。海が洗剤を含ませたスポンジで皿を洗い、自分がぬるま湯ですすぐ。この部屋には食器洗浄機もついていたが、あえてそれを使わず、並んで皿洗いするほうが自分も海も好きだった。向かい合って話をするよりも、横に並んだほうが海とも話がしやすい。自分の左に立っている海が自分の腰に腰をぶつけてくる。ごりっとした海の腰骨が体にあたる感触がする。自分の頰が赤くなった気がして、それを海に知られるのが恥ずかしかった。海が口を開く。

「今日、悪かったね……。ぼくのだめな父親につきあわせて……」

「いや、こっちもごめん……今まで生きてきて緑亮さんみたいな人にあんまり会ったこともなくってさ」

「忍は嫌いだろう？　ああいう大人」

「……」

　なんと言葉を返していいのかわからず黙っていると、海が手に持ったスポンジの泡を自分の左頬につけようとしてふざける。

「やめろ」自分は笑いながら言った。

「嫌いなら嫌いでいいんだよ、忍。ぼくだって忍のお父さんは嫌いだよ」と海が言うので、吹きだした。

「ほかの人からみたら、ぼくの父さんは親として零点だろうな。普通のお父さんとはちょっと……というかだいぶ違うし。だけど、父さんのこと、人としてぼく、嫌いじゃないんだ。小さい頃から全部ぼくのいいようにしてくれたんだ。洋服もおもちゃもぼくはほかの男の子と違っていたけれど、普通にしろなんて一度も言われなかった。まわりの目を気にせず、なんでもぼくのいいようにしてくれたんだ」

　グラスの泡をすすぎながら自分は思った。

「普通の人……普通の男の子。……普通っていったいなんだろうな。海と自分は普通じゃないのかな」

「忍……またしかめっ面しているー。すぐに難しいことを考え始めるんだから」

そう言って海がまた、自分の頬に泡をつけようとする。それをかわしているうちに二人で吹きだしてしまった。海が笑顔のままで言う。

「父さんが子どもの頃からぼくに言ってたんだ。海は海、コロはコロ。あっ、コロちゃんてぼくが小さな頃に遊んでいたお人形のことね。みんなそれぞれ違う人。だけどいっしょにいたいから、ってさ」

「金子みすゞみたいだなあ」

「だあれ、それ?」そう言って海は泡だらけの手をお湯ですすぐ。

「……あのさ、この前、バイト先に忍のお父さんが来たよ」

なんでもないことのように海が前を向いたまま言った。

「えっ」思わず声が出た。

「自分の息子と離れてほしい、って。でも、ぼく、離れませんって言ったよ」

父がわざわざ東京に来て、海のバイト先に行き、海に直接言ったこと。それを想像すると、自分の頬がかーーっと赤くなるのがわかった。恥の感情が自分の体を染め上げていく。

「ごめんな、海のバイト先にまで押しかけて」

「いいんだよ。ぼくは忍と別れる気なんてさらさらないんだから」

濡れた手で海にしがみついていた。海のシャツが濡れてしまうと思いながら止められなかった。海が言う。

「息子にはより良い人生を送ってほしいんです、って」

「父さんが？」

「うん。だからぼく言ったよ。忍とより良い人生を送ります、ってさ」

海の首筋に顔を埋めた。もうすっかり覚えてしまっているのになぜだか懐かしくも感じる海のにおいがする。海が顔を離して、自分のくちびるに触れる。海に触れると、なんで自分は泣きたいような気持ちになるのかわからない。だけど、自分の気持ちはまっすぐに海に向かっていて、その流れは途切れることがない。その流れの強さが少し怖くなることもあった。

東京のこの小さな町のこの部屋で、今、海と自分は二人きりだ。

いいや、そう思っているのは自分だけかもしれない。海には自分以外に、専門学校の友人も、バイト先の先輩もいる。東京で海には海の世界を広げていってほしいと思うのに、それと同時に海が自分のほうだけを向いていてほしい、という思いも存在する。それは、束縛《そくばく》というものだとわかっている。だけど、自分はそれほど海が好きなんだ。


週末、この部屋に海はやって来る。

自分も海の部屋に行ったことがあるけれど、あの六畳一間のワンルームには、正直なことを言うとあまり行きたくない。洋服、漫画、ぬいぐるみ……忙しいのはわかるけれど、そんなものが乱雑に部屋に積み重なって、まるで古着屋みたいなにおいがする。普段、掃除も換気もしないから、浴室は黴だらけで、トイレのことは思い出したくもない。海の部屋に行くと、鼻がむずむずしてハウスダストのアレルギーが出る。ずっと敷きっぱなしの海の布団に横になるのもまっぴらだった。

このマンションの2DKの一部屋を自分と海との寝室に仕上げた。

ブルーのシーツ、ブルーのピローケース。ベッドに寝転がると、まるでプールで泳いでいるみたいな気分になる。

この部屋に海が来たら、まず一緒に風呂に入る。海の部屋と同様、海からも古着屋みたいな、野良猫みたいなにおいがするからだ。疲れているときは、シャワーも浴びずに寝てしまうらしい。だから、どこもかしこもきれいに洗い上げる。風呂からあがった海の髪の毛をドライヤーで乾かす。海に冷たいものを飲ませる。海はされるがままだ。

シャツを着せ、楽なズボンを穿かせる。海は自分でエプロンをつけ、料理を始める。自分は、海が学校やバイト先で新しく覚えた料理を食べさせられる、実験台のようなものだ。だけど、料理をしているときの海は、普段見たことがないほど真剣で、自分はそんな海の顔が好きなんだ。

二人で海の作った料理を食べる。大抵はおいしい。味は作るたびに複雑になっているような気がする。だけど、海の料理でいちばん好きなものはずっと変わらない。オーブンで焼くプリンだ。

「また、それ?」って海に言われるけれど、海が作ったもののなかでいちばんおいしいと自分は思う。

おなかがいっぱいになったら、海と自分はベッドにダイブする。

替えたばかりのシーツから柔軟剤のいいかおりがする。二人でくっつきあって昼寝する。

まるで二匹の子猫のように。海の首筋に顔を埋めて、二人、丸まって眠る。一人でいるときよりも深く、深く眠れるような気がする。眠る前に海のくちびるに、額に、頬に、顎にくちびるで触れる。海が自分の髪の毛を撫でてくれる。その手のやさしいリズム。怖いものが何もなくなる。二人で眠りの世界を旅する。それが自分のいちばん幸福な時間だ。

大抵は、自分が海よりも先に目を覚まして、使い終わった食器を片付ける。そのとき、自分はあまりの暑さでパンツ一枚だった。キッチンから戸を開け放った寝室が見える。海が寝ている。この世でいちばん好きな人がそこにいる。この小さな部屋で自分は嘘をつくことがない。ありのままの自分でいられる。小さな幸せのように見えて、それは濁流のように激しい幸福感だ。酔いしれながら、はるか高く押し上げられる。

そのとき、ふいに玄関のほうで音がした。ドアが開く音、そしてキッチンに向かってくる聞き覚えのある足音。

両手に重そうな紙袋を手にした母が、パンツ一枚の自分から目を逸らす。海はまだ深く眠ったままだ。もちろん母が来たことにも気づいていない。

「元気そうね。私がやるから」

母はそう言って自分が手にしていた泡だらけのスポンジを半ば強引に奪い取って、皿を洗い始める。

「あ、あの……」

海が来ているんだと言わなくちゃ、と思うのだけれど、口が乾いて言葉にならない。というより、母は視線の先の寝室に寝ている海に気づいているはずなのに、海のことにはまったく触れない。

母は手早く皿を洗い、寝室のベッドの脇を通って、ベランダに出、乾いた洗濯物を取り込み、リビングのソファに座り畳み始める。母はどれが海のシャツかパンツかもわかってはいない。自分と海の洗濯物は母の横で小さな山になった。自分はキッチンの流しの前に立ち尽くしている。母は洗濯物を畳み終わると再びキッチンに戻り、今度はゴミをまとめ始めた。立ったままの自分に声をかける。

「大学はどう?」

「ちゃんと食べてる?」

いつもと同じことしか言わない。

「いい加減、シャツを着なさい」

母はそう言って小さな山のなかから、乾いたばかりのシャツとデニムを手渡す。シャツは海のものだ。その瞬間、自分のなかで何かが弾けた。

「海のことは全無視なの？」

洗ったばかりのグラスを布巾で拭いていた母の手が止まる。

「今、ここにいるのに？　あそこで眠っているのに？」

沈黙が部屋に横たわっている。母は自分の言葉が聞こえていないかのように押し黙り、再びグラスを拭き始める。それでも自分は母の前に立って尋ねる。

「母さん、僕に聞きたいことはないの？」

母が自分の目を見る。母の目は空洞みたいだ。そんな母の目を子どもの頃から幾度も見てきたような気がする。父となにかの出来事で意見が衝突しそうになるとき、母はいつもこんな目をして意見を飲み込んでしまう。そうして、最初からそうだったように父と同じことを言い始める。母には母の意見や考えがあるはずなのに。

それが高じて、今、母は、目の前にいる海の存在すら自分の世界から消そうとしている。

母は自分の視線の強さに耐えかねたのか、再び目を逸らして、冷蔵庫を開ける。そこには海が作った料理を詰めたタッパーがある。母はそのうちのひとつを手にして、蓋を開け、顔を近づけて、においを嗅いだ。眉間に細かな皺が寄る。

「夏場は気をつけないと」

そう言っただけだった。母は再びタッパーの蓋を閉め、それを冷蔵庫の奥に押しやる。その手前に、母が買ってきた肉や魚や野菜を詰めて冷蔵庫を満たす。

「そのタッパーの中身、誰が作ったか聞かないの？」

「……」

「自分が海とつきあっているということ、母さんはどう考えているの？」

「……」

母は一瞬、自分の顔を見たが、やっぱりその目は空洞だった。顔にも読み取れるような表情はない。自分の目線の奥、それを通り越して、どこか遠くを見ているようにも感じる。

「ゴミは下に出しておくね」

ゴミ袋の口をキュッと縛り、母は身支度を始める。

「父さんに伝えておいてよ。自分は海と絶対に別れない、って」

その耳に届いているはずなのに、母は何も言わない。

多分、今日だって、父に自分の様子を見てこいとでも言われたのだろう。あの町に帰って母は父になんと言うつもりだろう。

「ちゃんと食べなさいね」

それだけ言うと、トートバッグを手にそそくさと廊下を進む。後は追わなかった。ドアの閉まる音。海の寝息も聞こえない。ただ、クーラーの稼働する音だけが聞こえた。

自分はまだパンツ一枚のままでキッチンに立ち尽くしていた。

たまらなく今、美佐子さんに会いたかった。海に出会い、美佐子さんと出会って、話をするようになって、自分はどんなに救われただろう。

美佐子さんという一人の人間の前では、自分もただのありのままの人間だった。今まで生きてきてあんなに誰かに理解されるという解放感を味わったことがなかった。もしかしたら、海一人だったらとっくの昔にカミングアウトしていたかもしれない。海は自分に言った。中身を見せなくていい。東京に行こう。海がそう言ったのも、自分という存在がいたからなんじゃないだろうか？

ふわああと伸びをしながら海が起きてくる。

「よく寝たわあ」と言いながら何かを飲もうとしたのか、冷蔵庫の前に進み、扉を開ける。中からこぼれてきそうな肉や魚や野菜を見て目を丸くしている。

「ちょ、ちょっと待って。誰か来たの？」

「……母さん」そう言って笑ったつもりだったが、うまく笑えていなかった。

「えっ、えっ、起こしてよ、忍。ぼく、挨拶もしないで、ぐうぐう眠ったままで恥ずかしいじゃん」

「眠ったままでよかったよ」

「え、どういうこと？　ちょっ、忍、大丈夫？」

海が近づいてきて抱きしめてくれた。海が僕の首筋に顔を埋める。クーラーで冷やされ続けた裸の胸に、海の体の温かさが伝わってくるようで心地良かった。海に抱きしめられたまま尋ねる。

「海、ずーっと自分といっしょにいてよ」

「な、なに。急に？」

「自分とずーーーっといっしょにいてくれる？」

「もちろん」

海がその長い腕で自分の体をぎゅっと締めつけるように抱く。

「ねえ、プリン作って」

海が体を離し、自分の顔をのぞき込む。

「忍、好きだねえ、プリン！」

「……だって、おいしいから」

言ってるそばから耳が赤くなった。自分は今、海に甘えているのだと思ったからだ。でも、今日はどこまでも海に甘やかしてほしかった。

「わかった、すっごい、甘いの作るね」

海が笑いながら、冷蔵庫から卵と牛乳を取り出す。海の笑顔が胸を締めつける。その笑顔を誰にも絶対に渡したくはない、と思う。今、大好きな海といて、心の底から幸せだ。

海が自分から離れていってほしくない。そのときふと思った。海への思いが海への執着に変容してはいないだろうか、と。そのことを考えると、少し怖い気持ちになった。

海のまわりには、海が男の子のことが好きなことを批判するような人なんてほとんどいないだろう。いつかの海の同級生みたいに、何のてらいもなく「デートか、いいなあ」と言うような理解のある人ばかりなのだろうと思う。

振り返って自分はどうなのだろう。父と母は、本当の自分のことを認めていない。父ははっきりと「まわりに知られるな」と言った。そして、先日、この部屋に来た母の態度。母に、彼女自身はどう思っているかを聞いても、あの日のように質問を無視するか、いつものように黙ってしまうだけだろう。

それならば大学の友人は？　そうはいっても、まだ自分には大学に友人と呼べる人がいない。でも、友だちができたって、大学も高校と同じようなものだろう。それに、自分から本当のことを誰かに伝えるつもりもない。

それでもただ一人、この部屋にたまにやってくる璃子は、自分と海のことを理解している、と思う。高校のときからそうだった。それは璃子が、あの学校でいじめられていたという経験があるからかもしれない。璃子は海が来ない平日の昼間にもこの部屋にやってくる。自分には友人がいないし、璃子も同じようなものだった。自分も璃子も料理がほとんどできないから、母が送ってくれたパスタソースでまずいパスタを二人で食べたりした。

「私はね、なんか東京に来たら、自分の世界がさ、ぐるん、って大きく変わるかと思ったのね」

「うん……」そう言いながら、自分は璃子の口元を指差す。ミートソースがついている。

璃子は恥ずかしそうにそれをティッシュペーパーで拭《ぬぐ》った。

「私は恋愛っていうものをまだしたことがないから、東京に来たらいきなり恋なんてしちゃったりしてーなんて思っていたのね」

「うん」そう言いながら自分はグラスの水を飲む。

「だけど、環境が変わっただけで、自分が変わらないのに、そんなことがいきなり起こるわけがないよね。それに私、男の人にも女の人にも、ううん、たいして他人に興味がないことがわかってしまった。いや、ずーっと前からわかっていたんだけど、改めて認識させられた、というか」

璃子が残ったパスタをフォークに器用に巻き付ける。

「でもさ、コロナで安心しているところもあるんだよ、私。ほかの人と自然に距離がとれるでしょう。ソーシャルディスタンス、最高だよね。私はそれが快適。コロナがずーっと続いても平気だわ。一人でもたぶん大丈夫。海と忍がいるしね。……就活とか始まったらそんなことも言っていられないんだろうけど。でもさ、忍と海は最高じゃん。東京に来てさ、こんなすごいマンションに住んでさ、あの町にいるときみたいに誰かの目を気にすることもなく、会うことができてさ」

「……それはそうなんだけど」

そう言った自分を璃子が訝《いぶか》しげな目で見る。

「えっ。なにかあるの？」

「海はすごい自由になったと思う。海は東京に来てなんだか水を得た魚みたいだもの。生き生きしてる……。だけど、自分のことはよくわからないな。東京に来て自由になったのかな？　なんだか、東京に来てからのほうが、あの町で向き合う必要のなかった両親との距離が近くなった気がして……」

「どういうこと？」璃子がテーブルに身を乗り出してくる。

「海の親ほど、うちの親は海とのつきあいをよくは思ってないってことだよ。父さんはまわりに知られるな。母さんは海がいるときにこの部屋に来たって海のことは無視」

「……なんだかしんどそうだねえ」

「うーん……」言いながら頬杖をついた。璃子がグラスにペットボトルの水を注いでくれる。とぽとぽ、という音が、璃子と自分しかいない部屋に響く。璃子も水を一口飲み、はっ、と思いついたように声をあげた。

「ねえ、リモートだなんだってこの部屋にこもりっきりなのもよくなくない？　この部屋と大学にしか行ってないんでしょ、忍。まぁ私も同じようなものだけど」

「……うん」

「海のバイト先に私と行ってみない？　もうすぐ夕方だし。学校終わって直行してるんでしょう？」

「えっ」

「見たくない？　東京の店で海が働いているところ。私も忍が一緒なら行ける気がする」

「……見たい」

「じゃあ行こう」

そう言うと璃子は立ち上がり、てきぱきと汚れた皿や使ったグラスを片付け始めた。

見たい、と言ったものの、正直なところを言えば、自分はほんの少し怖かった。自分の知らない海の生活。そこで海は自分が知らない人たちに囲まれ、自分には見せたことのない顔で仕事をしている。自分が知らない海の世界をのぞき込むこと、それによって自分の感情が揺さぶられる予感がしたのだ。

それでも璃子と自分はマスクをして外に出た。夕方だというのに太陽はまだ真っ昼間のように照りつけて、まわりを白い光の世界に変えていた。季節は気がつけば真夏だ。さっきまでクーラーの効いた部屋にいたのに、首筋のあたりから一気に汗が噴き出す。湿度も高いから不快感があっという間に上昇する。どこからか漂ってくる生ゴミのにおい。東京の夏だと思う。あの町には大きな湖と山々があったから、昼間はともかく、朝や夜は熱風は冷やされ、夏だって寒いくらいに涼しかった。そのとき、ふいに、あの町で聞いた、うるさいくらいのひぐらしの鳴き声がどこかから聞こえた気がした。

璃子と二人、熱風の分厚い壁を破るように歩いていく。

一瞬、頭がくらっとした。思えば、高校時代には部活で徹底的に鍛えた体も、東京に来てからは何もしていない。いくらコロナのことがあるにしろ、確かに璃子の言うように、半ば、引きこもりのような生活が続いていた。バイトはしないでいい、バイトをするくらいなら勉強をしろ、と言われ、それに結局は甘えて生活費をもらっている。なにか勉強以外のことをしないと自分はこのままだめになってしまいそうだ、と璃子の隣でつり革を持ちながら思った。

璃子と二人、迷いながら電車を乗り継ぎ、海がバイトをしている店がある私鉄沿線の駅で降りた。町の中心を流れる、中くらいの川沿いを歩いた。川岸に生えているのは桜の木だろうか。春になれば、このあたりは大賑わいになるのだろうな、と思いながら歩く。カフェや書店もおしゃれで洗練されていて、歩いている人も若く、カップルが多い。自分の住む町のように、ドリアンのにおいも生ゴミのにおいもしない。

時々、自分と同じくらいの年齢の男の子二人組とすれ違う。

あの二人はカップルかな、それとも、ただの友人関係かな、と余計な想像をしてしまう。

向こうは向こうで自分と璃子のことを異性愛のカップルだと思ったかもしれないのに。

海が働いている店の場所は璃子が携帯ですぐに調べてくれた。

川沿いから一本入った細い道沿い。まわりは住宅街でしん、と静まりかえっている。開口の小さな店で扉にはCLOSEと書かれた木の札が下げられていた。開店まで璃子と外で待つつもりだった。ドアの左右には赤いギンガムチェックのカーテンが下げられた窓が並び、夕暮れ近くになってやっと傾いた陽の光を照り返している。中には確かに人の気配があるのだけれど、声は聞こえない。何の気なしに窓ガラスに手を当て、カーテンの隙間から店の中を覗いた。

白いエプロンをつけた海がカウンターに立って俯き、包丁を手にして何かを細かく刻んでいる。その隣には店長さんだろうか、海がよく話している先輩だろうか、自分たちよりも十くらい上の男性が見えた。彼もまた笑みを浮かべ、俯いて、何かの作業をしている。男性が何か言い、海が笑う。心からリラックスしたように見える海の笑顔。あんな顔、自分は見たことがない。男性が手にしていた何かを、海の口元に持っていく。それは茹《ゆ》でたエビのようにも見えた。海がそれをパクリと口にする。おいしい、と口の形がそう言っている。海がわざとらしく目を丸くする。そんなことを海は自分の前でしたことがない。

なんだかそれでもう十分だった。

海は東京に、この洗練された町にも、この店にも、自分の居場所をすんなり見つけている。そして、海に理解のある美佐子さんと緑亮さん。海はなんでも持っているじゃないか。それならば、あんなふうに誰かに表情を返すこともできるだろう。それに比べて、自分はなんにも持っていない。自分は窓から遠ざかり、足早に店を後にした。璃子の声が追いかけてくる。

「えっ、ちょっと待って。忍、いきなりおかしいでしょ」

その声を無視して半ば走るように駅までの道を進んだ。さっきよりも川沿いの道は人でいっぱいだ。どん、という衝撃を感じて、自分が一人の男性の肩にぶつかったのだということに気づいた。相手の顔はかすかに赤い。この時間から酒でも飲んでいるのだろう。うんざりした。

「ちょっ、おまえー。ぶつかっておいて無視かよ」

肩を摑まれる。生まれて初めて因縁をつけられる。男性から肩を小突かれる。このまま、ここにいたら、この目の前の男性を殴ってしまいそうな気がした。

「すみません。本当にすみません」平謝りに謝った。

「謝ってすむと思うのかよー」

ダミ声が追いかけて来たが、走った。駅に向かって逃げ出すように走った。改札をすり抜ける。やって来た電車に飛び乗り、ドアのそばに立ったとき、奥歯を強く嚙みしめていたようで、左の顎が鈍く痛んだ。自分の住む町が見えてくる。ふっと、懐かしい、という思いにとらわれた。改札を出たら、相変わらずドリアンのにおいがしたけれど、今はこの町の猥雑《わいざつ》さに救われるような気がした。そんなことを思ったのは、この町に住んで初めてのことだった。

部屋に入る。流しの中にはさっき自分と璃子が使った汚れた食器が積み重なっている。うんざりした気持ちがまた湧き上がってきて、それを一度か二度くらいしか使ったことのない食洗機のなかに放り込んだ。洗剤を入れ、スイッチを押すと、食洗機が大きな音を立て始める。その音を聞いていられずに、自分は洋服のままベッドに潜り込み、手のひらで両耳を塞いだ。

どれくらいの時間が経ったのだろう。

携帯で時間を確認すると、午前〇時に近かった。

いつの間にか眠ってしまっていたらしい。キッチンとの境の戸は閉めていたが、隙間から灯りが漏れている。ゆっくりとベッドから出て、戸を開けた。海が俯き、キッチンで何かを作っている。砂糖を焦がしたカラメルのかおりがする。海が自分に気づき、いつもの顔で笑う。自分も海に近づいた。

「起こしちゃった、ごめんね、よく寝てたのに」

そう言いながら、海がプリンの型にプリン液を注いでいる。

「店に璃子と来たんでしょう？　急に忍がいなくなった、って璃子、ぷんすか怒ってたよ。

それでも、食べて帰ってくれたけど。すっごくおいしい、って喜んでた。……あのさ、何かあったの？　忍」

海がオーブンの扉を閉める。

「……」

言葉にできない。言葉にしようとしている感情は自分だって見たくはないのだ。できれば誰にも、もちろん、海には話したくはない。でも、言葉にしないと、海と自分との間にかすかな溝ができてしまう。それは時間をかけて大きくなっていくのではないか……。顔から火が出るってこういうことを言うんだな、と思いながら、それでも言葉にした。

「見ちゃったんだよ……」

「えっ、何を？」

「なんだ、そんなことって、絶対に言わないでよ」

「絶対に言わないよ」

海が自分に近づく。海が右手を握る。海の手はひんやりと冷たかった。

「海と海のバイト先の男性が仲良くしているのを、見た」

海が頷き、自分の手を強く握る。本当のことを言えば、自分は声を上げて泣いてしまいたかった。

「海とあの男性はなんでもないってことわかっているのに、心のこのあたりがひりひりして、痛い」

そう言って左手でシャツの胸のあたりを摑んだ。自分の左手に海が右手を重ねる。

「海ばかりこの町で自由になっていて、自分は置いてけぼりで……」

耳たぶが熱い。恥の感情が全身を染めていく。

「父さんが海に別れろ、なんてわざわざ言いに来たことも、死ぬほど恥ずかしい……海みたいに、自分には美佐子さんも緑亮さんもいない。自分は海が」

言いながらこれは子どもが駄々をこねているのと同じだ、と思った。

「自分は海がうらやましい」

そう言った口を海がくちびるで塞いだ。ただ、触れるくらいに軽く。

海の手が頰を撫でる。

「ぼく、忍のことが、忍のことだけが好きなんだよ。あの町の、あの学校で会ってからずっと」

オーブンのほうからプリンのいいかおりがしてくる。海は頰を撫でながら言葉を続ける。

「それにぼくだって……美佐子さんのことも父さんのことも好きだけど、時々は普通とは違う自分の家族のことを恥ずかしい、って思ったこともあるんだよ。本当の母さんが突然いなくなったときも、父さんがいなくなったときも、二人ともちっともぼくのことなんて好きじゃないんだなあ、って思ってた。ううん、今だって思ってる。あ、忍、つらいのは忍だけじゃないとか、ぼく、そういう話をしたいんじゃなくて……忍は忍でお父さんに対して、いろいろ思うことがあるのかもしれないけれど」

「……」

それでも、美佐子さんも、緑亮さんも、みんな海の理解者じゃないか。心のなかでつぶやいた。海の前で思ったことを飲み込んでしまったのは初めてかもしれない。

「そのことはいったん置いておかない？　すぐには解決しないことだよ。それよりも、東京では、この町では、忍とぼくとのことだけ考えて生きていこうよ。ぼくたち二人、あの町を出て、やっと二人になれたんだ。やっと自由になったんだ」

海の背中のほうでオーブンのタイマーが、チン、と音を立てた。海が自分から離れ、オーブンに近づき、扉を開ける。天板の上にいつもの海のプリンが並んでいる。海が作るもののでいちばん好きなプリン。けれど、なぜだか今日は心が弾まない。

「プリンの香りがしている部屋では、深刻な話はいったんやめとこうか」

海がまだ熱いプリンをスプーンで掬い、ふうふうと息を吹きかけて冷ます。海がそのスプーンを自分の口元に運ぶ。しばらく口を真一文字に結んでいたが、海が自分の顔をじっと見ているので、観念して口を開いた。いつものプリンの味が口のなかに広がるかと思っていた。それなのに、今日のプリンはなんだかほろ苦い。同じスプーンでプリンを食べた海も、

「あれ、なんで、なんで。なんだか珍しく失敗しちゃった」

と首をひねっている。口のなかにはまだ苦いプリンがあった。

「ねえ、海。さっきのあの人は誰なの？　海にとってどういう人なの？」

その一言がどうしても言えないまま、自分は苦いプリンを飲みくだした。

第四話　璃子

これからあの町のことはできるだけ思い出さずに生きていきたい。

東京での暮らしが始まった初めての夜。まだ開けていない段ボールが積まれた部屋で布団にくるまり、短い手足を目一杯伸ばしながらそう思った。

東京から特急で二時間。大きな湖とパワースポットとして有名な神社、町を取り囲むように連なる山並み。悪いところじゃない。自然にあふれた穏やかな町だ。外から見るだけならね。

でも、私はあの町にいて（海と出会った高校一年のあの日から卒業までをのぞいては）苦しくて仕方がなかった。思い返してみれば、幼稚園と小学校のときは何もなかった。それなりに集団生活を楽しんでもいた。問題は中学校に入ってからだった。あの町の中学、そしてそれに続く高校のカースト制度を思い出すと今でも吐き気がする。

それがはっきりと始まったのは私が中学二年のときだった。

私はちびで、成績は良くも悪くもなく、決して目立つ生徒ではなかったが、運動神経が壊滅的になかった。体育のバレーボールやバスケットボールなどの集団プレーでは、何をどうしていいかわからず、皆の足を引っ張りまくった。「ごめーん！」という私の声に「ドンマイ！」と答えてくれた皆の声がなくなったのはいつの頃だったか。

その後、私が「ごめーん！」と言っても無視される、という状況が長く続き、体育が終わって一人の生徒とすれ違ったとき、彼女がぼそっと「疫病神《やくびょうがみ》」とつぶやいた。最初、何かの聞き間違いだと思ったし、自分のことだとは思わなかった。でも、それが始まりだった。体育の集団プレーでは私にボールがまわってくることがなくなった。下手だから仕方ないか。私は自分に言い聞かせた。体育では私が迷惑をかけるから、なんとなく皆から疎んじられている。ただ、それだけのことだと思っていた。

けれど、体育館での私への無視が教室に燃え広がるまでには、それほど時間がかからなかった。今度は無視、ではなく、からかい、が始まった。私の短すぎる前髪や、授業のときだけかける度の強い眼鏡、英語の教科書を読むときの、目一杯頑張って発音良く読もうとするその口調とかが、からかいの対象になった。

休憩時間に一人で席に座っていると、強い視線をしばしば感じた。

何？　と思って視線のほうに目をやると、つい、と視線は外れる。そうして、そばにいる女子の友だちに一人が何か言い、皆で私のほうをちらちらと見、誰かが何かを囁《ささや》くと皆で私を見ずに爆笑する。そんなことが幾度も続いた。小学校のときも中学のときも、私には親しい友だちはいなかった。なんとなく、女の子は怖い。そういう思いもあって、私にはそういったあれこれを相談できる人がいなかった。

クラス内カーストって言葉を知ったのはいつだったかな。もしかしたら中学のときから読み始めたBL小説や漫画に出て来た言葉だったのかもしれない。つまり、顔のいい子、スポーツができる子、そんなモテてコミュ力も高い子たちは三角の形をしたカーストのとんがり部分にいる。その下は中くらいの烏合の衆。いじめをするのはこいつらだ。三角のいちばん下に私みたいな子、勉強もスポーツもいまいちだったり、コミュ力の低いオタクとかの最下層グループ。そこに私がいる。うん、そうだよね。確かに私はそこに属する。自分がそのポジションにいることには驚きもしなかったけれど、だからといって、私は正直、自分がいじめられることにまったく納得なんてしていなかった。

誰かが私をにやにや見ていたりしたら、その子に近づいていって「何？ 私になにか用がある？」と聞きに行ったし、体育でも下手なりにボールを奪いに行ったりもした。それなのに、それがまたいじめに油を注いだ。理不尽だ、と思った。いじめられたらいじめられたままなのか。そんなことがあっていいはずがない。私は思いきって担任の先生に相談に行った。

「自分がなんでいじめられているのかわかりません。私、何も悪いことしてないのに……」

そう言った私に若い担任の女性教師は言った。

「日本にはさ、空気を読むっていう文化があるじゃない？」

「？？？？？」

「出る杭は打たれるというか……」

「？？？？？」

なんでいじめの話が空気や杭の話になるのかよくわからなかった。

「中野《なかの》さん目立ち過ぎるから。だから皆にいじられるのかもね」

だめだ。まったく話が通じていない。いじられてるんじゃなくて、いじめられているんだ。悪いのは私じゃなくて、皆のほうじゃないか。生まれて初めて絶望、という二文字が頭に浮かんだ。

母親に相談すると、「そんな学校には行かなくていい！」とまた極端なことを言う。

私は学校に行きたくないわけじゃない。ただ、皆からいじめられたり、無視されたりすることなく、穏やかに勉強がしたいだけなのだ。私のどこに悪いところがある？　だから、私は今までどおり、私の姿勢を崩さず、毎日休まず学校に通った。でも、それがまた皆の反感を買ったのだった。学校に行くと、上履きのなかに画鋲が入れられていたり（いったいいつの時代のいじめだよ！）、体操服が墨汁で真っ黒になっていたりした。それでも私は素知らぬ顔で画鋲をゴミ箱に入れ、墨汁で染まった体操服で授業を受けた。けれど、私の心はもう限界を超えていたらしい。

ある朝、学校の玄関から教室に向かおうとしたら、そこから足が一歩も前に進まなくなってしまったのだった。額に汗をかきながらその場に立ち尽くす私を、通り過ぎる皆が笑って見ている。一時間目のチャイムが鳴って、その場に保健の先生が通りかからなかったら、私はいつまでもそこに立っていただろう。

「大丈夫?」と言いながら先生が私の手を摑む。先生の手が温かいと感じるくらいに私の手は冷たくなっていた。先生はびっくりした顔をして、私を無理矢理おんぶして保健室に連れて行ってくれた。息が苦しくて、手や足は冷たく、真冬なのに汗がだらだら出た。保健の先生は何も聞かず、何も言わずに保健室のベッドに私を寝かせてくれた。そうして、その日から教室ではなく、保健室に登校する日々が始まったのだった。

保健の先生は女性で桜井《さくらい》先生と言い、私の話をよく聞いてくれた。担任の先生も私の様子を見に保健室にやって来たが、その先生が来ると息が苦しくなって蕁麻疹《じんましん》が出た。

「我慢の限界を超えて、体と心の調子を崩してしまったんだと思う」

桜井先生はそう言って、町にあった心療内科を紹介してくれた。

一緒に行った母はべそべそと泣いていた。泣きたいのはこっちだよ。私は母の入室を制して、一人で診察を受けた。先生によると、私の心の状態には投薬などの治療の必要はない、ということだった。けれど、なんらかのストレスや不安定な心の状態が、ストレートに体にあらわれてしまう。自律神経失調症というぼんやりとした名前がつけられたが、薬で治るものでもない、と言われ、私はひどくがっかりして病院をあとにした。

桜井先生も病院の先生も言った。

無理をする必要はない。学校も行ける日だけ行けばいい。

でも、やっぱりそう言われても私は学校に行きたかった。行かないと、カースト最下位どころか、私には生きる価値もなくなるのではないか。そう思い込んでいた。保健室登校の日々が続いた。保健室で私は先生が作ってくれたプリントの問題を解き、宿題をし、試験を受けた。

こんな日々が高校まで続くなんてまっぴらだった。だから、頭のいい子が行く進学校に行きたかった。そういう学校に行けば皆勉強に夢中で、いじめなんかするわけがない。だから、猛勉強をして、あの町で二番目に頭のいい高校に受かった。これでいじめから逃れられる。高校まで行っていじめなんかあるわけがない。どこでどうしてそう思い込んだのか、なんで入る前にもっと調べておかなかったのか、高校に入学した自分を呪った。

あの高校は規則も先生も厳しく、生徒たちはイライラとストレスの溜まった顔をしている、と分かったのはいつだったか。入学早々、そのガス抜きのために私が標的になった。中学のときと同じだ。いじめてもいい存在を彼らは瞬時に見抜くのだ。体育館の裏に呼びだされるのなんてしょっちゅうだった。「なんで、授業中に私の顔見てんの?」とか、そういうヤクザもびっくりな因縁のつけられ方で私は再びいじめられた。

そこに叩きやすいサンドバッグのようなものがあれば、理由なんかなんでもいいのだ。

中学ほどではないにしろ、私はまた、カーストの最下位に位置し、高校生なのに、いじめられっ子になった。体を壊したこともあった。おなかが痛くてたまらなくなるのだ。私は中学のときのように保健室に逃げ込んだり、教室で脂汗を流しておなかの痛みと闘いながら、日々を過ごしていた。あの学校に海が来るまでは。

でも今、東京に来て、まるで夢のなかにいるよう。受験勉強死ぬほど頑張ってよかったと思う。あの高校から同じ大学に進んだ人はいない。

「コロナの時期に大学生活なんてねえ、かわいそうに」と私を送り出した母親は言ったが、私はこの時期に大学に入れてラッキーだったと思う。

授業はリモートが多く、対面授業もあるが、大抵の人は授業が終われば、そそくさと教室からいなくなる。大学に入ってやっと私をいじめる人はいなくなった！　というか、誰も私の存在なんて気にしていない。私は私が望んでいた学校生活をやっと手に入れたのだ。今の生活は快適以外のなにものでもない。

それでも寂しいときや、心が不安に傾いたときには、忍や海にＬＩＮＥやメッセージを送った。海は学業やバイトで忙しく返信が来ることはまれだったが、忍は暇なのかすぐに返信が来る。バイトもしていない忍は私と同じような学校生活を送っているのだろう。忍はすぐに「遊びに来ない？」と誘ってくれる。忍の、あの大学生が一人で住むのはどうなの!? と思うマンションにとことこ遊びに行く。忍の部屋にはいつも忍のお母さんが送っているのであろう段ボールが、口が開かれたまま放置されている。その中から忍がトランプを選ぶみたいに適当なパスタソースを選ぶ。忍は海みたいに料理はできないが、パスタを茹でるくらいのことはできる。私と同じだ。

(嘘みたい!)

茹でたパスタに不器用な手つきでソースをかけている忍を見ながら思う。忍はあの高校のカーストの頂点、三角形のてっぺんにいたような生徒だったのだ。いや、かつていた。成績も良く、卓球部のエースでホームルーム委員長で。沙織という彼女もいて。その忍が今、私の目の前にいる。パスタソースが皿からこぼれ、それを指で拭おうとする。私は笑いながら、忍にペーパータオルを差し出す。忍が笑いながら、ペーパータオルで指を拭く。この光景! 私をいじめていた生徒全員に見てほしい。

あの出来事……つまり、忍が当時の彼女、沙織に海が好きだ、と伝えたことで、忍のほんとうの姿が沙織によって全校生徒に知られた……があって以来、忍はあの高校のなかでちょっと微妙な存在になってしまった。カーストの三角形のてっぺんではなく、もう違う次元に行ってしまった、というか。

「海のことが好きな忍」は、明らかにいじってはいけない存在になってしまって、忍も自分のほうから、それまでの友人たちを避けてしまうようにもなった。それまではあんなに皆の中心にいたのに。そして、それは海もそうだった。

転校早々、海も「いじめられっ子」になりそうな気配がある子だな、と私は思っていた。自分と同じにおいを海に感じた、というか。けれど、海もまた忍と同じように、「いじってはいけない存在」の袋に入れられた。二人の存在はあの町のあの高校の生徒や教師たちの理解の範疇《はんちゅう》を超えていたからだ。二人の入った袋は「壊れ物注意」というシールを貼られて、大海に投げ捨てられた。そして、皆の目の前にはいないもの、になってしまった。

私はすでに海と仲良くなっていたから、自然に忍とも会話を交わすようになり、海と忍にくっついて、私も同じ袋に入れられたようなものだった。海や忍と違って、私の存在なんて誰にとってもどうでもよかったのだと思うけれど。だけど、私は海という存在がいたことで、一人ぼっちにはならなかった。海も忍も一人にはならなかった。

それは海が暮らしていたあのアパートと、美佐子さんという海とは血の繋がっていない人の存在も大きかったと思う。私たち三人は学校ではまるで透明人間のように過ごしていて、放課後に立ち寄る海のバイト先やアパートでだけ深く息をすることができた。

美佐子さんは忍のことも私のことも否定しなかった。海に友だちができたと言って素直に喜んでいた。あのアパートのあの部屋で私は海が作る料理を食べ、美佐子さんに今まで受けたいじめの話を聞いてもらった。中学のときの保健の先生、桜井先生以来の、話のわかる大人の人に会ったと思った。忍と海は二人きりで過ごしたいだろうと、先に帰ろうとする私に、美佐子さんが「私も散歩がしたい」と二人で部屋を出、話をしているうちに、湖を半周してしまったこともある。

「どんなに今までつらかっただろうね」

美佐子さんは私のいじめの話を聞いて泣いた。泣いている美佐子さんを見て私も泣いた。

「でも、璃子ちゃん、よく頑張ったね」

そう言って美佐子さんが私の頭を撫でた。

私は美佐子さんのことが大好きだった。美佐子さんがいたから、高校卒業までの約二年間、私も忍もそして海も生き延びることができたのだと思う。

まわりの目が私を蔑《さげす》む目から、私を羨《うらや》む目に変わっていることに気づいたのもこの頃のことだと思う。忍はもちろん、海のことを好きだった女子だっていただろう。それまでは友人ができたといっても、いつの間にか皆の雑用係とか学校生活のストレスを発散するためのサンドバッグ代わりになっていた私。そんな私に初めて友人ができたのだ。忍と海の真ん中にいる私。それが私にちょっとした（ううん、体が震えるような歓喜に満ちた）優越感を植え付けたことは事実。それもゲイの友人！　私はどんなにそれが欲しかったことだろう！……でも、そんなこと忍にも海にも言えやしない。

忍と海のこと。正直なことを言えば、私も皆と同じだった。二人のことをめっちゃ色眼鏡で見ていた。特に忍なんて、同じクラスにいるのに、話をしたこともない。まるで雲の上にいる神様みたいな存在。それに対してカースト最下位でBL好きな私。共通点があるわけがない。あの高校でいちばんどんくさい女子だった私に、海を通じて、忍という友人がある日突然、降ってきたのだ。

忍なんて私になんか興味がないだろう、と最初は思っていた。でも、忍は私が思っていたような男子じゃなかった。美佐子さんと同じように、私のいじめ体験を真剣に聞いてくれたし、優しかった。何かするときには、必ず私に「璃子、大丈夫？」と確認をとる。

美佐子さんの家から帰るときには、必ず、私の家の近所まで送ってくれた。忍はすっごく心配性で繊細なんだ。そこが海と少し違う。見た目からすると海のほうが繊細さんに見えるけれど、料理以外のことはちょっと乱暴なところもあるし。海だって「大丈夫？」と聞いてはくれるけれど、こちらの返事を待つ前に「大丈夫だよね！」で済ませてしまうところもある。そうしないと海みたいな環境で育った人は生きていけなかったのかもしれないけれど。

とにかく、高校の約二年間、私は海と忍といられてよかったし、助かったし、楽しかった。やっといじめはなくなった。それに二人といることで、私はカースト最下位から最上位に上り詰めたようなものなのだ。ふふん、と私は思った。

とはいえ、BLとリアル、二次元と三次元はやっぱり違う。忍だって、海だって、飛び抜けて顔がいいとかスタイルがいいとかいうわけではない。アパートに遊びに行って、海が半ズボンを穿いていて、その足に濃いすね毛なんか見つけたりすると、正直、その生々しさに吐き気がした。私は一人っ子だし、男のきょうだいはいないから、そういう男の子の生々しさに耐えられない。やっぱり、私は二次元のほうがいい、と思っていた。あの頃、はね。二次元だって、男の子の生々しさとか荒々しさは描かれているけれど、やっぱり生身で見るとその現実に愕然とする。

それになんというか、生身の男の子二人、忍と海には、独特の重さがあった。閉鎖的なあの町にいて、男の子が好きだ、と表明するようなことが、どれほど大きな出来事であったことか！　私の考え過ぎかもしれないけれど、私が間にいなければ、一触即発というか、そういう雰囲気になることもあった。カミングアウトしたそうにしていたのはいつも忍だったし（そうしなくても皆が知ることになったのだけれど）、そんな忍に東京に行こうと誘ったのは海だった。

本当のことはわからないけれど、海は自分が傷ついたり、傷つけられたりすることに対して、なんとも思っていない節がある。そんなところ、私も少し似ているからわかるのだ。でも、忍はほんとうに「壊れ物」みたいなところがある。

繊細で線が細くて、今にも壊れそうな忍を、あの町に住む人の好奇の視線から守ったのが海だった。忍が、上級生や、他校の生徒にいきなり、「君、ゲイってほんと？」なんて失礼な言葉でからまれたときも、「それはぼくのことなんですよ〜。この人関係ないんで！」なんて、わざと笑いの方向に持っていくのも海の役割だった。あのなんにも考えていなそうな海がそうすることに、私は少し感動してもいた。

愛とか、恋とか、ほんとうのところはどんなものなのか、私にはぜんぜんわからないのだけれど、あれ、この人たち、本気で好き合っていると思ったら、その気迫に押されてしまったことも事実。

人が人を好きになる迫力と質量というのはすごいものなのだと改めて思った。いつか自分の内側からそんな力が出てくるなんて到底思えなかった。海という人間のことをすべて知っているわけではないけれど、海はとっても海らしかった。そういう自分をすでに獲得している海のことがなんだかとても遠い人に思えた。

そしてまた、海という人はほんとうに無防備に人に触れる。そういうところ、美佐子さんとも少し似ている。海は私がいたっておかまいなしに、忍に抱きついたりするし、私に対してもそうだ。

私があの学校で女子たちにいじめられていたとき、海が私をそこから連れ出して頭を撫でてくれたことがある。そのときの写真を撮られて、皆にまわされ、それはそれで騒ぎになったのだが。そのとき、ほんとうのことを言えば、胸のあたりを小さな虫に嚙まれたようなかすかな痛みが走った。誰かに頭を撫でてもらうなんて、子どものとき以来だったからだ。だけど、海が私の頭を撫でたり、抱きついたり、手を握ったりすると、胸がすくん、と痛むのだ。それが私が海を好きってことなのか、もしかしたら恋、ってものなのか、それが私にはよくわからない。

だけど、海に頭を撫でてもらったときの写真（なぜだか私にもその写真がまわってきた）はいまだにスマホのフォルダのなかにある。海に、好きです、とかなんとか言うとか、そういう行動を起こすつもりも、勇気もない。だって、海は忍が好きなんだから。でも、想像は自由だ。いつもの寝る前の妄想。海と私は異性愛のカップルで、遊園地で観覧車に乗ったりしている。それくらいで私には十分だった。

そんなときふと思ったりした。忍と海って、肉体関係があるのかな、なんて。そんな想像をしている自分がひどく汚いもののように感じた。BL本の男の子たちは、まっすぐにその関係を受け止めているように思えた。だから、二人がそうであっても、なんら問題はない。だけど、忍と海には、まだそういう関係がないように思えた。私のただの勘だけど。それに、ふと思ったのだ。もし、もし、あの二人に肉体関係があったのなら、忍は、海とのこと、もっと自信が持てるんじゃないのかな、なんて。まあ、ほんとうに余計なお世話だけども。

東京に来てすぐくらいの頃、忍のマンションで、海の父親の緑亮さんと皆で食事をしたことがある。緑亮さんは東京にいるみたいだけれど、何をしている人なのかもわからなかった。

忍と緑亮さんはもう数回会っているらしかったが、私はその日が初対面だった。一応、丁寧に挨拶はしたけれど、私は心のなかでもう緑亮と呼び捨てにしていた。いつか忍と話をしたとき、忍もそう呼んでいるらしくって二人で笑った。だって呼び捨てにしたくなるような大人なのだ。海を美佐子さんに預けて一人でどっかに行っちゃうような人だ。そんな人、いくら海と血の繋がった父親でも信用できない。

その夜、緑亮さんは忍が用意したワインをがぶ飲みし、海が作ったものをほとんど一人で食べてしまった。この人、満足な食事をしていないのでは？　と思うような勢いとスピードでちょっと心配になった。広いテーブルで、緑亮さんは私の隣に座っていた。忍と海は二人でキッチンに立って何かしていた。私が買ってきたケーキを皿に盛るか何かしていたのだろうと思う。二人の背中が見える。きゃっきゃとその背中が言っているようにも見えた。いいなあ、と思いながら、私は干し葡萄をつまんだ。緑亮さんもワイングラスを手に二人の背中を見ている。そのとき、緑亮さんが言った。

「人が人を好きになるのは、止められないよな」と。

私はそれが忍と海のことだと思い、「そうですよね」と曖昧《あいまい》な笑みを浮かべた。酔った大人の言っていることだと、適当にかわしたのだ。

「ふへっ」と緑亮さんは変な声を出し、そして、またワインをごぶりとのんだ。今度はさっきより小さな声でひとりごとのようにつぶやく。

「つらい恋よな。僕も経験がある」

そう言って緑亮さんは海の背中を見、私を見た。

そこまでされて、ああ、自分のことを言われているのかと初めてわかった。心に不意討ちをくらったみたいだった。ゆらゆらと手にしたグラスの水が揺れる。私の目の前もぐらぐらし始めた。

「あっ！　ちょっと、父さん！」

キッチンから海が私に駆け寄り、無防備に私の頭を抱く。いつもの海のにおいがする。やめてくれ〜と思いながら私はされるがままになっていた。私の目から涙がぼたぼたと落ちる。こんなふうに泣いたのは東京に来てから初めて。高校のとき以来だ。

「なんか変なこと言っただろ！　璃子を泣かさないでよ！」

「なんにも言ってませーん」海の言葉に緑亮さんはしらを切る。

忍が私を見、目をぱちくりとさせて合図する。時々、三人でいるときも、忍と私はこんなふうにして目と目でコンタクトをとることがあった。高校のときからそうだ。教室や廊下で女子や男子にからまれそうになっていると、忍が遠くからこっちを見て目をぱちくりさせる。大抵は「大丈夫？」の意味で、私がかすかに顔を横に振ると、忍が私を囲んでいる子たちに向かって怖い顔で近づいてくる。忍の発する殺気のようなもので、皆は蜘蛛の子を散らすようにどこかに行ってしまうのが常だった。

この日も私は「大丈夫」の意味で、忍に目をパチパチした。そうして、忍は頷き、離れてこの騒ぎを見守っていた。それもまた、忍らしかったが、もし、私が顔を横に振ったら、忍は緑亮さんに何をするつもりだったのか。それを考えると恐ろしかった。とはいえ、私が緑亮さんに何を言われて、なんで泣き出したのか、私の海への感情なんて、絶対に気づいてほしくなかったし、そんなことで忍に悩んでほしくなかった。

忍は否定するだろうけれど、私と忍もまた、どこか似ている。感情を素直にあらわせないところとか、物事を悲観的に考えがちなところとか。似ているところがあってうれしいのだけれど、やっぱりちょっとせつない。そして、再び、キッチンの忍のところに駆け寄る海を私は目で追ってしまうのだった。最初から叶わない、というところが、私の恋っぽいな、と思った。そして、やっぱり緑亮はろくでもない、と思ってまだ目に溜まっている涙を拭った。

沙織、あの沙織に偶然出会ったのは、私が駅近の大型書店でBL本の棚を見ているときのことだった。マスクで顔の半分しか見えないから、最初は違う人だと思った。

私が肩にかけていたバッグが後ろの女性にぶつかってしまい、「あっ、ごめんなさい」

と慌てて謝ると、「璃子？」とその女性が言う。眉毛は綺麗に描かれ、目元は今どきのコアカラーのシャドウでバチバチの睫《まつげ》。そんなメイクのせいで誰だかわからなかった。璃子と呼ばれたけれど、こんな知り合い、私にはいない、人違いじゃないのかな、と思っていると、女性がふいにマスクを取った。

「私だよ、沙織」

確かに沙織の声だった。

「どっかでお茶でものもうよ」と私の腕をとり、エスカレーターのあるほうに歩いて行こうとする。私の体は硬直して沙織のなすがままだった。嫌な予感しかしなかった。沙織はこの町にくわしいのか、迷うことなく、書店そばの地下のカフェに入っていく。階段を下りていく沙織の足元は、よくそんな高いヒールで歩けるね、と思うような華奢《きゃしゃ》な靴。ここで帰りたい、と思いながらも、私も沙織のあとに続いた。ドアを開ける。店はほぼ満席。ソファ席しかないそのカフェは、私と同じくらいの子たちしかいない、いわば映えるカフェだった。

カラフルなクリームソーダみたいなものを前にし、顔を寄せ合ってスマホで写真を撮っている子も多い。壁にプロジェクターで映っているのは、私もYouTubeで見たことのある韓国のガールズグループのＰＶ。カラフルで砂糖菓子みたいな衣装を着た女の子たちがダンスしながら跳ねている。居心地が悪いと思いながら、額に嫌な汗をかいている私とは反対に、沙織はまるで自分の家にいるかのようにくつろいで、自分の前のソファに座るようにと手を差し出して促す。ふーっと聞こえないようにため息をついて、仕方がない、と覚悟を決めて、私は沙織の前に座った。

沙織、という人と高校時代、もちろん仲が良かったわけじゃない。直接いじめられたことはないが、いじめられている私を遠目で笑っているような、ちょっといじわるな存在だった。忍が沙織と別れ、私が海と忍と三人でいるとき、殺されそうな目で見られたこともあるし。

「忍、元気でいる?」

まだ注文も何もしていないのに、沙織がいきなり口を開いた。

「……あ、ああ、うん、まあ、ね」

「こっちでも三人で会ったりしてるんだね、やっぱり」しまった! ひっかけか。

「……」

項垂《うなだ》れる二人の前にメイドさんのような店員さんがやって来る。

「あ、カフェラテください」沙織が言った。

「私も」

店のなかは騒がしいのに、私と沙織は何を話すわけでもなく、俯いてカフェラテが来るのを待っている。壁のPVを見ているふりをして、ちらちらと目は沙織を見てしまう。丁寧にネイルしてもらったのであろう、つやつやの長い爪。今どきのメイクをしているけれど、服はGUとかじゃない。どこかのハイブランドだろうか。とっても質が良いものに見える。沙織はとても自分と同い年の女子大生には見えなかった。さっき話しているときも、あの町の言葉は出ない。まるで、東京で生まれて育った人のように見える。

沙織もこっちの私大に入ったはずだが、その大学名もどこに住んでいるのかも知らない。でも、忍のマンションの場所とかは絶対に口にしないほうがいいと思った。

「……私のこと馬鹿にしてる?」

「えっ」

音楽のボリュームが大きくて、思わず沙織に顔を近づけて聞き直してしまった。

「……私のこと、いい気味だった、って思ってるよね」

「……」

沙織があの出来事以降、なんとなく皆から疎まれてしまったのは、沙織が忍のことをゲイだと言いふらしたからだ。最近の言葉でいえばアウティング? ってやつか。

最初の頃は悲劇のヒロインだった沙織も、時間の経過と共に全貌が明らかになって、皆は加害者、って目で沙織を見るようになった。沙織は頂点から転がり落ちた。ざまあみろ、と思わなかったと言えば嘘になる。自業自得だ、と思った。

忍と別れたあとにも、沙織には数人彼氏がいたはずだけれど、どの子ともあんまり長く続かなかったと記憶している。沙織自身もすっかりそれまでの輝きを失って、前みたいな自信満々の彼女はどこかに消えてしまった。以前はいた取り巻きらしき女子たちも消えて、一人でいるところをよく見かけた。

私はそんな沙織をただ遠巻きに見ていた。

大音量の音楽がかかっているのに、沙織と私との間には、重苦しい沈黙が横たわっていた。ほんとうの事を言えば、今すぐ帰りたかった。何を話したらいいのかわからなくて困り果てた。万一、沙織にここで泣かれでもしたら、どうしたらいいのかわからない。沙織が口を開いて、さっきより少し大きめの声で言う。

「生まれて初めて好きになった人で。だから……」

「忍、君？」

「うん、そう」

店員さんがカフェラテを二つ運んできた。沙織は彼女がテーブルを離れるのを見届け、再び口を開く。

「すっごくうまくいってたんだよ、私たち。あの子がくるまでは」知ってます。

沙織がキラキラしたネイルを見ながら言う。

「でも、あの子のことを好きになる忍のことも、なんだか私にはわかって」

「ええっ！　そんなことわかろうとする必要ない！」

私はあまりに驚いて言った。私の声の大きさでまわりのテーブルの女子数人がこちらを見た。

「でもさ、それほど忍にとっては、彼が魅力的だったということでしょう？」

「沙織、ええと、沙織さんは」

「沙織でいいよ」

「なら沙織で。沙織のことが嫌いになったんじゃないと私は思う、忍は」

「……そっちのほうがつらいんですけどお」

「だよね」

私が沙織と忍のことで何を言っても墓穴を掘ってしまうし、そもそも私に恋を語る資格があるわけでもない。でも、忍はほんとうに沙織のことが嫌いになったわけじゃないと思うのだ。沙織よりもっと好きな人ができてしまっただけ。だめだ。これじゃ、さらに沙織の傷に塩を塗り込むようなものだ。私は困り果てて、バッグの中を探り、さっき買ったばかりのＢＬ漫画を数冊取り出した。あまりハードな肉体的なからみなどない、ほんわかした男性同士の交流を描いた一冊を渡した。

「なにこれ？」

「私は現実世界がつらくなると、こっちの世界に逃げ込むの。これおもしろいよ、読んでみない？」

沙織が長い爪でページをめくる。

「これって、ＢＬってやつ？　これ読んだら忍とあの子のことがわかるのかな」

「それはどうかな。これはやっぱりフィクションだし、出てくる男の子も皆綺麗だしね。なんかかっこいいもの。この本に出てくる男の子たちは……。本当はもっと……」

「本当はもっと？」

「なんというか、スムーズに事も運ばないし……リアルはもっとかっこ悪いものじゃない、恋人同士ってさ。この前だって」

そこまで言って私は口を噤《つぐ》んだ。

そもそも、私に忍と海との恋を語る資格なんてないのだ。

沙織は私の顔を見つめて次の言葉を待っている。忍が海が作ったプリンのカラメルが苦すぎるといって、二人で大喧嘩して、私はあまりにばかばかしくてうんざりしたんだけど……。だけど、それを沙織に言うのは、なんだか自慢してるみたいに聞こえないかなあ、と思ってしまったのだ。忍と海の秘密を知ってる自分というもので、沙織にマウントとるみたいで。自分がずっとそうされてきたから、沙織でなくても誰かにマウントとって、自分が相手の上にいることを証明するみたいなこと、私は大嫌いなんだもの。

「ううん。なんでもないんだ」

そう言うと沙織がかすかに気落ちした顔をした。それでも私に向かって口を開く。

「あのね、お願いがあるの」

「ん？」

「私、どんなことでもいいから忍のことが知りたいの。ううん、家に行きたいとか、会って話をしたいとか、そんなことは絶対に言わない。忍が東京でどんなふうに暮らしているのか、少しでいいから教えてくれないかなあ。忍はＳＮＳ、何ひとつやってないし……。メールでもメッセージでもＬＩＮＥでも、ううん、たまにこんなふうにお茶して、ねえ、璃子さん」

「璃子でいい」

「ね。お願い。ＬＩＮＥ聞いていい？」そう言いながら、沙織はバッグからスマホを出す。

「うーん……」と返事をしたものの、ちょっと面倒なことに巻き込まれかけてる？　と思ったのも事実。それと同時に「たまにこんなふうにお茶して」という沙織の言葉に胸を摑まれた。だって、そんなことできる女の子の友だちが今まで一人もいなかったもの。キラキラネイルでメイクが上手なおしゃれな女ともだち。もちろん、大学にもいない。

「これ貸しておいてね。次会うときまでに読んでおく」

そう言ってさっきより少し顔色がよくなったように見える沙織が、ＢＬ漫画をバッグにしまう。

「う、うん」

次会うときまで。その言葉が胸に響いた。正直なことを言えばとってもうれしかった。そんなこと、今まで言われたことがなかった。

そうして、この日から、私と沙織との奇妙な友人関係が始まったのだった。

あの日から、三人でいると妙な隙間を感じることがある。

忍と二人で忍のマンションにいて、あまりに暇なので、海がバイトしているお店に行ったときのことだ。普通のカップルだったら（私にはよくわからないけれど）相手がバイトしているところとか見てみたいんじゃないかなーと単純に思ったのだ。忍は乗り気だっただろうか？　と、あのときのことを振り返っても、行く気満々って感じでもなかった。でも、それはいつもの忍の姿だったから、ほんとうはあんまり行きたくはなかったのかもしれない。このときに限らず、私は忍のほんとうのところ、というのがいつもよくわからない。海みたいに忍は単純じゃない。だから、忍には海といるときより、ほんの少し気を遣うし、忍に何かを言おうとして唇の内側で言葉をのんでしまうこともしばしばある。

それでも店に行くまでは、いつもの忍だった、と思う。だけど、お店の窓から中をのぞき込んだときから、今まで見たことないような、かたい表情になり、私を置いて一人ですたすた歩いて帰ってしまったのだった。えええええええ！　と思ったけれど、なんとなく忍を一人にさせておいたほうがいいような気がして。

私は一人でお店に入り、カウンターに座った。海はニコニコして、お客さんたちにも、隣にいる店長らしき人にも可愛がられているのがわかった。その、めいっぱいの笑顔を見て思い出した。あの町で海がバイトしていた喫茶店、あの店でも海はそうだった。バイトの先輩と仲が良くて、お客さんたちにも愛想良くして。海を見ていると、ちょっと誰にでもニコニコし過ぎじゃない？　と思うのだけれど、それが海の処世術のようなものなのだろう。

食事をしながら海から聞いた話はこうだ。お店の開店前のことだ。店のなかを窓からのぞき込んだ忍と目が合って、海は忍に笑いかけたらしい。海は店長と二人で店の仕込みをしていた。「ただ仕事をしていただけ」って何度も言うけれど、海のことだ。忍には、それだけには見えなかったんだろう。

私は単純に海の作ったものが食べてみたかったので、店にそのまま残り、店長さんにたいそうご馳走になってしまった。ペペロンチーノも魚介のサラダも、デザートのパンナコッタも全部おいしかった。海はまだメインで料理をしているわけじゃなかったけど、店長さんを上手にサポートしている。そんな様子を私はカウンター越しに見た。なぜだかそのとき、緑亮さんの顔が浮かんだ。海が好きなんだろう、と暗に指摘されたあの夜。だから、じっとり海を見ないようにしようと心に誓って、私は目の前の料理に集中した。

店長さんは海に忍という彼氏がいることは知っていたし、私に「どんな子？」って聞いてきたりした。この店長さんがゲイかどうかはわからなかったけれど、少なくとも悪い人じゃない。海のことを信頼して仕事を任せていることは見ていてわかったし。あの町の喫茶店のバイトの先輩と同じだ。海はうんと年上の人に好かれることがあるのだ。またか、と私は思ったけど。だけど、私ごときが、ちょっと厳しめのことを言わせてもらうと、誰にでもオープンな、海のその態度が忍をどこかしら不安にさせている、ということもわかるような気がした。

忍は海のことが好きなのだ。多分、海よりも。海が考えているよりもずっとずっと。

あの日以来、忍のマンションに行っても、忍はどこかしら元気がない。私と二人だけのときだけじゃなく、海がいても同じだ。今日は海が店の料理を私たちに作るといって張り切っている。海がキッチンに立つときは、大抵、忍も隣に立って、野菜を洗ったり、お皿を洗ったりしているのに、今日は私の隣で頬杖をついて黙ってる。そんな忍にかまわず、海は前菜をいくつか作ると、私たちの前に置いた。この前食べたものもあったし、これ、何で出来てるの？　と思うような料理もあった。どれもおいしそう。

「食べて、食べて」と海が言うので、私は遠慮なくいただいた。蛸《たこ》とオリーブをトマトで煮こんだ料理を口に入れた。

「おいしい！」と叫ぶと、

「でしょう！」と海もうれしそう。でも、私の隣で忍は動かない。

「忍も食べよ」と言ってはみるが、うん、と頷くだけで手は動かない。

海が作る料理は日々バージョンアップしていて、海は三人のなかで誰よりも日々進歩して、東京という新しい場所で自分の世界を築いているって感じだった。私や忍みたいに、大学生とはいえ、ただ日々をぼんやり過ごしてるのとまるで違う。だけど、それも、忍にとっては、海を遠くに感じてしまう原因になったのかもしれない。海はもう忍の手のひらの上にいない、っていうか。

「ほら、これ食べてみて。璃子はこの前食べたけど、忍は食べられなかったじゃん！」

海はなんとかこの重苦しい雰囲気を打破しようと一生懸命だったけれど、なんとなく空回りしている感じだった。忍は黙ったままで水ばかり口にしている。なんだか顔色も悪いような気がする。元々口数は多いほうじゃないけれど、ずっと忍が黙っていると、次第にこの部屋の空気も重くなっていく。

「忍、ほら、あーん」

海が忍の口に料理を載せたフォークを持っていく。あっ、それはだめなんじゃない、と思ったけれど遅かった。忍の顔がかっと赤くなる。そんなこと、海は私の前でしたことがないのだ。今、そうされるのは忍にとっていちばん嫌なことだろう、と思った。

「やめて」

口の前から動かないフォークをどかそうとして、忍が海の手を払う。その力は多分、忍自身が思っているよりも強かった。フォークが床に落ちた。もちろん、海が作った料理も床に無残に散らばった。

「やめなよ！　そんな強引に。忍、嫌がってるじゃん」

思わず私は言ってしまった。

「だって、食べてほしいんだもの。せっかく作ったのに。これ、おいしいよ。それなのに忍はずっとむっつりしているし、ぼく、何がなんだかわからないよ」

エプロン姿の海はすっかり項垂れてしまった。でも、私の口も止まらなかった。

「海が勘違いされるようなことするからだよ！」

「勘違いってなんだよ。ぼく、なんにも悪いことしていない」

私は忍の顔を見た。忍が目をパチパチさせる。それ以上、何も言わないでほしい、という意味だろうか。それでも私の口は閉じない。

「海には、そういうところがあるってこと！」

「そういうところって何？」

「あの町の喫茶店でも、東京のバイト先でもそうじゃん。誰にでも優しくて、年上の男の人がいればニコニコして、忍がちょっとかわいそうだと思わないの？」

「かわいそうって、なんだよそれ！」

海のそんな声を聞いたのは初めてのことだった。正直なことを言えば怖かった。海でもこんな声を出すのかと思って。普段意識していないけど、海も男の人なんだ、と改めて思った。

「こんなマンションに一人で住んでる忍の、どこがかわいそうなんだよ。バイトもしないで、生活費は全部親持ちで。お父さんにもお母さんにも気遣われて。僕は一人なんだよ。一人で東京でがんばってるじゃん。父さんなんかあてにできないし、美佐子さんにも迷惑かけたくない。だから、学校の合間にバイト、びっちり入れて。もうくたくたなんだよ。人に優しくして何が悪いの？　ニコニコするのはいけないこと？　ぼく、だって、今までそうやって生きてきたんだよ。それを否定されるの？」

それは、一見ちゃらちゃらして、やたらニコニコ生きてる海のほんとうの、ほんとうの気持ちだったと思う。

「わっ、私が余計なこと言い始めたんだから、私が悪かったよ、ごめん」

「璃子はすぐあやまる！　あやまればどうにかなると思ってる。璃子のそういうところ、ずるいよ！」

私はもう泣きそうになってたけど、ぐっとこらえた。これは海と忍の問題だ。だけど、私が余計なこと言ったから……。

「くう……」

ぎゅっと閉じた口から泣き声が漏れてしまう。

「もういい加減にして！」

忍がどん、と一度、拳でテーブルを叩いた。皿やカトラリーが嫌な音を立てる。

今度は海の口が止まらなかった。

「ねえ、忍も璃子と同じ気持ちなの？　ぼく、なにか勘違いされるようなことしてる？」

「……」

長い沈黙。壁にかかった時計の音と、くつくつと何かを煮こむ音。外からかすかに聞こえる小さな女の子たちの笑い声。振り返って海は鍋の火を消し、忍を見ている。忍はテーブルに視線を落としている。私は泣きべそをかきながら、目の前で冷えていく料理の皿をじっと見ていた。それでも忍は口を開いた。

「自分は自分なりに海を支えて生きてきたと今まで思ってたよ。もちろん、自分も海に支えられて……。あの町にいるときから、そういう関係がちゃんとできてるって自分は思い込んでた。……それに、海がそんなふうに僕のことを見ていたなんてちっとも知らなかった。ああいう親に生まれたこと、自分では仕方のないことだよね。自分だってこんなマンション、贅沢すぎるってわかってる。でも、自分が望んだことでもない。……海、僕ね、海のことがうらやましいよ」

「うらやましい？」海の声にはかすかに怒気がある。

「うん。……だって、美佐子さんも緑亮さんもちゃんと海のこと、尊重してる。バイトの先輩だって、いつか会った学校の友人も、海のほんとうの姿を認めてる。そういう人、璃子以外に自分のまわりには誰もいないんだよ。ううん、璃子だって僕らのほんとうをわかってるかどうかはわからない。自分には海しかいないんだ。だから、海のことだけは理解しているつもりだった。海も僕のことわかってくれている、と思ってた。でも、ちょっとそれは自分の思い過ごしだったし、早とちりだったみたいだな。それに……」

忍が顔を上げ、海の顔を見る。

「海は自分だけの海じゃないんだ、って」

海はむしり取るみたいにエプロンを脱ぎ、何かを悟ったみたいな顔をして、玄関に向かう。

「ちょっ、ちょっといいの？　これでいいの？　忍」

コミュ障の私だから、こんなときに何を言ったらベストなのかわからない。だけど、忍は椅子に座ったまま動かない。えっ、えっ、この二人？　こんなことで終わっちゃう？　そう思ったら、恋ってこわいなーと背筋がぞっとした。私は慌てて玄関に走った。廊下に置きっぱなしの段ボールの角に足の小指をぶつけて死ぬほど痛かった。目尻にさっきと違う涙が浮かぶ。

「海！　海！　このままどっか行っちゃうのはよくないって！　私が余計なこと言ったか

らよくなかったんだよね。ねえ、部屋に戻って、もっかい忍と話しよ。ね。海！　海！」

玄関でスニーカーをつっかけている海の背中に叫んだ。海はもう振り返りもしない。私の声を無視してドアを開ける。追いかけた私の鼻先でドアが乱暴に閉められた。うわあぁ、海と忍が万一別れたりすることがあったら、私の責任だ。こんなの絶対に間違ってる、と思いながら、それと同時に、リアルな恋愛ってめんどくさっ、とも思っていた。

第五話　緑亮

宅配便のドライバーの仕事を始めて四年が経つ。

大量の段ボール箱を扱う仕事だ。段ボールという紙の特性なのか、日々、それを扱っているると指先や手のひらの脂がなくなる。働き始めた当初はハンドクリームを仕事のたびに塗りたくっていたが、箱にクリームの脂がつく、と注意されてからは、気にすることはやめた。何もケアせずほうったままなのだから、日に日に手は荒れ、黒ずんでいく。

手だけではない。顔も体もそうだ。

左腰はすでに悲鳴を上げているし、階段を上がるときには両膝が鈍く痛む。朝、洗面所で見る顔には深い皺《しば》が刻まれている。

老いが自分の体を蝕《むしば》み始めていると気がついたのはいつからか。重い段ボール箱を抱えて、あらゆる場所へ移動する。時間との勝負でもある。今はなんとか仕事をこなしているけれど、この仕事についた当初は先輩（といっても自分より随分年下の男だ）に怒鳴られどおしで、どんなことでも乗り越えてきた自分だけれど、さすがに心はめげた。

唯一の息抜きは、仕事終わりに古ぼけたバーで酒を呑むこと。店主は元カメラマンで彼と写真の話をするのが何よりの楽しみになっている。とはいえ、自分のカメラは質に入れたままだが。

隣に座る若い男の話がなんとなく耳に入ってくる。自主映画を撮っているという彼の話を聞いていると、若くて青い情熱が恥ずかしくもあり、懐かしくもある。

ふと、自分の手のひらを見る。写真を撮りたいと思い続けて、カメラマンになって、食い詰めて、地方に逃げて、また東京に戻って……。結局、自分はこの世の中で何をしてきたのだろう。それは海という人間を世に生み出したこと。ただそれだけなのではないかと思う。

海は十八になった。今は東京に住んでいる。自分のアパートからも近い場所だ。東京に海が来てからよく会うようになった。けれど、自分から海に声をかけることはない。自分と海との間にある薄い薄い膜のようなもの。それは多分、自分以外の誰にも見えない。いや、膜ではなくて、溝のようなもの。

自分が美佐子さんのところに海を預けて、突然姿を消したこと。親として許されるようなことではない。幼い海の心に傷をつけた。それは間違いないことだ。あんなに自分に懐いていた海を、自分は捨てたのだった。自分がされたことと同じことを海にした。その前には、元妻の霧子《きりこ》が海を置いていなくなった。彼女と同じことは絶対にするまい、と思っていたのに、自分も海の元から突然いなくなったのだった。

強い酒をあおる。くっきりと胃の形がわかるほどの強い酒。それでもなかなか酔いはやってこない。これからどうやって自分の人生を終わらせていこうか、ふと思う。そういう年齢になっている自分に愕然とする。人生が始まったばかりの海や忍を思い出す。二人のまぶしさがまた、自分の影を濃くしているようなそんな気がした。

自分のいちばん古い記憶は、保育園の頃だろうか。太平洋に近い、東京からもそれほど遠くはないあの町。夜になると、かすかに水の音が聞こえる川沿いのアパートの一室に暮らしていた。覚えているのは、夕方、窓に近い鏡の前で化粧を施している母の姿だ。自分は段々に綺麗になっていく母の顔を鏡ごしに見ている。母の背中から手をまわす。「邪魔をするんじゃないよ」と手を払われる。それでも自分も負けてはいなかった。母の洋服のなかに手を伸ばし、ふっくらとした乳房に触れる。そんなことができるのはその時間帯しかなかった。

朝、母はいつも口を開けて寝ている。近くに住む叔母が自分を保育園に連れて行き、迎えにも来てくれる。母は自分が物心ついた頃から酒場で働く人だった。父親の顔は知らない。そんな人が自分の家にいた記憶もない。自分の家族は母だけ。そう思いながら自分は育った。

夜はいつも一人で眠った。怖いと思ったことはない。

それでも眠れない夜は幾晩もあった。

ほんの少し窓を開け、アパートの下を行き交う人たちを見ていた。いつかそこに母の姿が見えるんじゃないかと思いながら。けれど、母の帰りはいつも夜明けに近かった。夜が更けるほど腹が減る。冷蔵庫を開けてみても保育園児の自分が一人で食べられるようなものは入っていない。台所に転がっていた赤い魚肉ソーセージのフィルムを歯で開けて、一人で食べた。寂しいと思ったことなどないはずなのに、目を閉じれば怖い夢を見た。保育園で見た絵本の恐竜が口を開けて自分を追ってくるようなそんな夢。怖い夢を見ればおねしょをした。体罰、というものがまだあった時代だった。母は布団におねしょのあとを見つけると裁縫で使う木のものさしで自分の尻を叩いた。あるとき、狭いアパートの中で母から逃げ回り、つかまりそうになって窓を開けて叫んだ。

「殺される！」

一人の男の人が立ち止まり、何事か、とこちらを見上げる。

「母さんに殺される！」

その人の顔を見て自分は叫んだ。

「大丈夫か？　坊主」

そう言いながら、男の人がアパートに近づく。

「なんでもないんですよ、大丈夫ですから」

母はその人に愛想笑いをすると、ものさしを自分の後ろに隠す。その隙に自分は外に飛び出し、近くにあった叔母の家に逃げた。

母が自分を叩いた記憶はあるが、自分を甘やかしたという記憶はない。それでも、どういうわけか、明け方に酒のにおいをさせながら帰ってきて、母がやたらに上機嫌のときがあった。寝ている自分の口に飴玉を無理に押し込みながら言う。

「緑ちゃんはなんてかわいい子だろう」

そう言いながら頭を撫でてくれる。そのときの母の、たっぷりと肉のついた手のひら。汗とおしろいが混じったようなにおいがした。母のことは好きでも嫌いでもなかった。けれど、もし自分のことが好きなら、もっと自分と一緒にいてくれるような気がした。だから母はきっと自分のことが嫌いなんだろう、そう思っていた。

土曜日や日曜日には、時々、アパートに男の人が来ることがあった。母も男の人も自分を邪険に扱い、「遊んでおいで」と外に行くように促す。そんなときはアパート近くの児童公園で時間をつぶした。公園は自分よりもっと大きい男の子たちの遊び場で、自分がうろうろしていると、「チビ、どきな！」と怒鳴られる。だから、いつも公園にある土管のなかで過ごしていた。そこから公園を眺めると、自分と同じくらいの子どもが父親と遊んでいるのが目に入った。ボールを交互に蹴って、父親は子どもに「上手いぞ！」と声をかけている。へん、と思った。あんなに優しい大人はどこか裏があるように感じた。父親が欲しいなどと今までも一度だって思ったことはない。男の人はどうにも苦手だった。

一人の男の人が足繁くアパートに通うようになったのは、自分が次の年から小学校に通う頃のことだった。何をしている人なのか、母が仕事に出ている時間にもその人はアパートにいて、勝手にテレビを見ながらビールを呑んでいる。卓袱台《ちゃぶだい》の上には母が仕事に行く前に慌てて作った粗末な食事があった。それは自分の食事のはずだけれど、男の人がむしゃむしゃと一人で食べてしまう。おなかが大きな音をたてる。

「どうしても困ったときはおばちゃんの家においで」と叔母に言われていたが、なぜだかアパートにいる男の人のことは叔母には話してはいけないような気がしていた。一人でアパートを出て商店街に向かう。夕飯時でどの店も混雑している。いつものパン屋に飛びこんだ。母と同じくらいの年の女の人の後ろに隠れて、売り物のパンをひとつ、ふたつ、手にしてシャツの中に隠す。女の人がレジに向かう間に、猛ダッシュで店を飛び出した。

「この泥棒猫が！」そんな声を背中に受けながら商店街を走り抜けた。

老夫婦がやっている果物屋では、林檎をひとつだけ頂戴した。いつものように店主のじいさんは眠りこけていて、自分の悪行に気づかない。児童公園の土管のなかでそれを食べた。悲しいとも、悪いことをしているとも、自分が不幸だとも思わなかった。

男はアパートから帰らない。アパートにずっと居座るようになった。保育園に連れて行くために自分を迎えに来る叔母に「今度から自分が行きますんで」とへこへこと頭を下げた。叔母は眉間に皺を寄せて、男の人をじっと見つめていた。本当にこの人に甥を預けて大丈夫なのか、と疑っていたのだろう。それでも、その言葉を男の人は守ってくれた。保育園への送りも迎えも男の人がやってくれるようになった。

「緑亮君のお父さん？」と、ほかの子どもたちに聞かれたが、自分でもわからないので黙っていた。それでも、どこか誇らしい気持ちになるのが不思議だった。母の作った食事を二人で分け合い、それでも足りないときは男の人が焼きそばや焼きめしを作ってくれた。肩車で銭湯に行き、風呂上がりにフルーツ牛乳を飲ませてくれる。それが日々の楽しみになった。けれど、自分が想像していたとおり、そんな日々は長くは続かなかった。

　ある日、保育園に迎えに来るはずの男の人がやって来ない。園児が一人減り、二人減り、最後の一人になってしまった。自分は保育士さんと折り紙をしながら、男の人が迎えに来るのを待っていた。とうに陽は暮れて、辺りは真っ暗だ。園から叔母に連絡が行ったのだろう、叔母が自分を迎えに来た。いつものようにアパートに帰った。けれど、ドアが開きっぱなしになっている。叔母が慌てて部屋の中に入り、自分も叔母に続いた。がらんどう。部屋の中には何もなかった。卓袱台もテレビも布団も。何もかもがなくなっていた。叔母は「姉さん……」と言ったきり立ち尽くしている。自分は即座に理解した。母はあの男の人とともにどこか遠いところに行ってしまったのだと。悲しくはなかった。いつか、そんな日が来るような予感があった。

「そんなら家においで」

手を引かれて叔母の家に向かった。叔母の家も決して裕福とは言えなかった。年上の夫と二人暮らしで子どもはいない。空いている席に腰を下ろすように、それから自分は叔母の子どもとして人生を歩むことになった。夜、くり返し見る夢はあのがらんどうのアパートと、寝ぼけまなこの自分の口に飴玉を押し込む母の白い手のひらだった。そんな夢を見ておねしょをしても、叔母は「仕方ないねえ」と笑うばかりで自分を折檻するようなことはなかった。

日に三度の食事（平日の昼食は保育園の給食で済ませていたが）。子どもにとっては当たり前のことが、それまでの自分には与えられていなかった。叔母の家で暮らすようになって栄養が行き届いたのか、背も体重も順調に増えていき、叔母を驚かせもした。

自分が正式に叔母とその連れ合いの子どもになったのは、中学に入学した頃だった。叔母はいつか姉が自分の子どもを迎えに来ることを望んでいたが、その思いは叶わなかった。叔母の子どもとなって、貧しくはあったが、そこからは自分はごく普通の子どもとして育った。叔母もその連れ合いも優しかった。けれど、成長とともに、こんな思いも浮かんだ。

なぜもっと早くに自分を受け入れてくれなかったのか。あんなに間近に見ていたくせに、どうして自分を母親の元から救ってくれなかったのか。叔母に感謝の気持ちはあるのに、思いは歪んでいった。

中学に入り、グレて、ねじれた生活をするまでに時間はかからなかった。まわりは田舎のヤンキーばかりで、彼らに混じって生活はすさんでいった。そうは言ってもやっていたことは、かわいいものだ。髪を染める、喧嘩する、喫煙、飲酒、女の子と深夜まで遊ぶ、家に帰らない。

叔母は自分がなにか騒ぎを起こすたびに、学校や警察に呼ばれ、幾度も頭を下げた。叔母は愛情の深い人間だったと思う。けれど、それ以上に自分は実の親にも置いてけぼりにされる人間なんだ、というひねた思いが自分を貫いていた。目の前の叔母の愛情は無視したまま。

それでも叔母に懇願されて自分は地元の工業高校に進んだ。底辺、と呼ばれていた高校だったが、叔母は喜んでくれた。入学をしてすさんだ生活にも飽きが来始めた頃、廊下に貼り出された一枚の写真に目が釘付けになった。黒々としたコンクリートの校舎の影を撮った粒子の粗い一枚の写真。単純にかっこいい、と思った。自分の心が、それまで意識すらしていなかった写真というものに向き合った瞬間だった。始業のベルが鳴っているのに、自分はいつまでもその写真の前に立ちつくしていた。向こうからやってきた担任が「早く教室に入れ」と出席簿で自分の尻を叩く。彼は写真部の顧問だった。彼は言った。「そんなに興味があるのなら、カメラ貸すから」そうして自分はその日から、写真部の一員になったのだった。

東京に出て来たのは海と同じ十八のときだった。

専門学校で写真を学びながら、生活のために学校の講師のつてで、とあるカメラマンのアシスタントになった。今ならパワハラと大問題になりそうだが、あの頃のカメラマンの師弟関係は相当に厳しいものだった。ミスをして頭をはたかれる、そんなことは日常茶飯事で、言葉でひどくいじられ、嘲笑される。まだそれならよかったが、存在自体を無視されたときには、精神に来た。

そんな時期に、とある劇団のポスターを安い値段で撮ってほしいと言われ、出会ったのが霧子だった。名のある大学の学生で、でも大学にはあんまり通っていなくて、芝居に熱中していた。グレていた頃、幾人かの女の子と遊んだことはあるが、誰かを本気で好きになったことはない。恋愛の、最初の相手が霧子だった。端整な顔立ちで、腕も足も白く長い。自分の田舎にはいないタイプの女だった。けれど、どこかに自分を捨てた母の面影がある。自分の口に無理矢理飴玉をねじ込んだ、あの母親の強引さ。霧子もどこか似ているところがあった。霧子に強くすすめられて芝居の舞台に立ったこともある。役者としては、まるで才能がなかったが、舞台に立つと、自分ではない自分になれる。なぜ人は芝居なんてやろうと思うのか、その意味は自分にもわかった。役者としては歯が立たなかったから、自分はカメラを霧子に向けた。幾枚も、幾枚も霧子の写真を撮った。その頃の自分の心はまっすぐ霧子に向いていた。その写真で思いがけず小さな賞をとった。

あの頃の東京はまだ今より景気がよかった。専門学校を出て、フリーランスになってもやっていけるのではないか。深く考えることなくそう決めてしまった。そうして自分はカメラマンとして世の中に出たのだった。それでも写真のギャランティは昔のように高くはなかったから、どんな小さな仕事でも断らなかった。霧子は大学をずるずると留年した挙げ句中退し、相変わらず芝居に熱中していた。芝居の合間、時給の高い夜の店でバイトをすると言ってきかなかったが、それだけはやめてほしいと伝えた。だったら自分が生活費を負担するから、と。

霧子の妊娠がわかったのは、自分が二十七になったときのことだった。カメラマンの仕事には陰りが見え始めていたが、どんな小さな、安い仕事でもかすめ取るように請け負い、生活を成立させていた。「自分の子ども」が霧子のおなかにいると聞いても、その実体がまるで想像できなかった。正直なことを言えば、自分の血を継ぐ誰かがこの世に生まれてくることが怖かった。自分はあの母の血を引いている。おろかな血だということはわかっていた。

不安を抱えているのは霧子も同じようだった。霧子はごく普通の中流家庭で育った人間で、自分のように母親との確執などもないが、自分が母親になれるわけがない、もう芝居ができない、と言っては泣いた。そうは言ってももう後戻りできる時期はとうに過ぎていた。それならば、やはり働くのは自分しかいない。自分は昼夜仕事をし、精神的に不安定な霧子を支えた。

月が満ちて、海は生まれた。

名前は自分がつけた。自分の故郷の町に近いあの太平洋のでっかい海のような人間になってほしかった。海は生まれたての赤んぼうだけれど、実体のある一人の人間だった。この子のためならなんでもできる。海が生まれたとき、確かに自分はそう思った。

とはいえ、カメラマンの仕事は次第に少なくなり、減った仕事の隙間を埋めるように、ビルの警備員の仕事をするようになった。霧子は霧子で、どこかおっかなびっくりだったが、それでも海の母として生きようとしていた。傍から見れば不安定な家庭に見えただろうが、自分は満足だった。霧子と海。その二人を守るために自分は働き続けた。

そうしてすぐに三年が経った。霧子にそっくりな海は、子どもの頃から女の子に間違われた。保育園には〇歳のときから預けたが、成長するにつれ、海の個性があらわれ始めた。海は男の子が好むようなものを手にとらない。人形、ぬいぐるみ、綺麗なパズル、カラフルな色紙……。それが海の好きなものだった。「普通」の男の子とは少し違っている。けれど、海の個性を尊重してやりたかった。洋服も、髪型も、海の好きなようにさせた。カメラマンのなかには、いわゆるゲイと呼ばれる人たちも多くいたし、そこに偏見はなかったと思う。もし、海がそうなのだとしても、自分は絶対に海の何かを損なうことなく成長させる。そう心に誓った。

けれど、霧子は違った。霧子、というよりも問題なのは霧子の母だった。敵は身近にいたのだ。

「男の子なのだから、もう少し男の子らしくさせなくちゃ」

そう言ってブルー系のスポーツブランドの服や、自動車、電車などの図鑑を送ってくる。霧子も自分の母の言うことに従った。母から送られてきた服を着せ、恐竜図鑑を読み聞かせる。そんなとき、海は少し困ったような顔をして自分の顔を見た。「いやだ」とか「着たくない」とは絶対に言わなかった。幼い海が自分の母を慮っているのを見ているのはつらいことだった。自分は海が着せられている服を脱がせ、ピンクの服を着せ、人形で遊ぶように言った。今度は霧子が黙る番だった。今思えば、そこから、二人の間に綻《ほころ》びが生まれたのかもしれなかった。

海の成長に伴って、芝居の世界から足を洗わなければいけなくなったことも霧子を追い詰めていた。小さな会社に勤め、事務員として働くこと、普通の子と少し違った海の母親であること。そのどれもが彼女が本当に思い浮かべていた未来ではなかったのだろう。

霧子に男の影が見え始め、家に帰る時間が遅くなり、お迎えの時間になっても保育園に姿を見せない。そんなことがくり返されるたびに霧子と衝突した。海の前では、できる限り、そういう場面を見せないようにしていたが、それでも二人の間の空気は伝わってしまうのか、おねしょをくり返すようになった。いつかこんな光景を見たことがあるような気がした。自分の子ども時代と同じ経験を海にさせている。そう思っているのに、霧子との衝突を避けることはできない。自分にできるのは、「気にすんな」と海の頭を撫で、濡れた布団を干すことくらいだった。それでも嫌な予感はあった。

予感が本当になったのは、海が五歳になったときだった。仕事を終え、保育園に海を迎えにいった自分がアパートに戻ると、霧子の痕跡がすべて消えていた。彼女が使っていたもの、洋服、化粧品、靴……まるで手品のようにすべてがそこから姿を消していた。がらんどう、ではなかったが、自分が幼いときに見たあのアパートの一室と同じだ。母が消えたあのときと同じ。

さすがに海も気づいたのだろう、自分の手をつかみ大声で泣き出した。

「大丈夫、海。お父さんはずっと海と一緒にいるんだから」

そう言いながら、海を抱きしめ、やわらかな背中を撫でた。まだ発達途中の背骨の骨のひとつひとつを感じながら、自分はシングルファザーというものになったのだと知った。

東京では食べることができなくなって、仕事を求めて地方に逃げるように海と引っ越しをした。二人で最低限の生活ができる場所ならどこでもよかった。落ち着いたのは、冬になると山の上から乾いた寒風が吹き下ろす、そんな町だった。そこでコピー機のレンタル会社に職を得て、コピー機が設置してある事務所や会社に出向き、修理や調整を行う正社員となった。海と食べていくには仕事を選ぶという贅沢はできない。振り返れば、この頃が一番「真面目」に働いていたのかもしれない。

シングルファザーとして生きていくことは、正直に言えば楽ではなかった。昼間は保育園に預けているとはいえ、それ以外の時間は家事や子育ての責任がのし掛かる。それでも、海は育てやすい子どもだったし、わがままを言うことも、母を求めて泣きわめくこともなかった。だから余計に不憫《ふびん》に感じた。

この町で美佐子さんと出会った。彼女は霧子とは正反対の自立した生活者だった。

彼女のことは確かに好きだったし、彼女自身には霧子のようなどこか不安定なところはない。けれど、関係が深まるにつれ、なぜだか美佐子さんに自分の手足を搦《から》め捕られるような、息が詰まるような気持ちになるのだった。それを彼女に伝えられないまま、つきあいは続いた。

今思えば、自分は彼女に海の母になってもらうように仕向けたのかもしれなかった。カッコウの托卵《たくらん》と同じだ。ほかの鳥の巣に自分の卵を産み、預け、親としての義務を逃れるように。

自分は息ができなくなっていた。霧子を責めることなど到底できない。自分も彼女と同じくらい、未熟で罪深い人間だった。東京で写真の仕事をもう一度したい、という欲望は自分のなかで熾火《おきび》のようにくすぶっていた。いや、自分の息苦しさを表現への欲望と、都合のいいように言い換えていただけかもしれない。週末、美佐子さんに海を預け、自分は家を空けるようになった。東京でカメラマン時代の師匠に会い、もう一度写真の仕事をしたいと告げた。

「子どもどうすんの？」

「まあ、それはどうとでもなるんで」

師匠は目を丸くしたが、それでも自分に仕事を振る、と約束をしてくれた。今も住む町に六畳一間のアパートを借りた。窓を開ければ隣の建物の壁が迫ってくるような部屋だったが、自分はそこで深く息ができるような気がした。平日はコピー機のレンタル会社の正社員として、週末はカメラマンとして働いた。それが結婚式や子どもの祝い事や家族写真を撮るだけの仕事であってもうれしかった。自分がやるべきことはこれだと思った。カメラマンの仕事が増え、自分はしばしば平日も会社を無断で休むようになった。海には美佐子さんがいる。自分よりも頼れる相手が。罪悪感は確かにあった。けれど、写真を撮ることをやめられなかった。撮り続けていればいつか自分だけの表現に到達するのではないか。そんな青臭い思いを捨てることができなかった。それが高じて、海が七歳になったときに、書き置きを残してあの町のマンションから自分は姿を消したのだった。

けれど、自分は海を捨てたつもりはなかった。いつでも帰ってくるつもりだった。東京とあの町を行ったり来たりしながら生活ができるのではないかと考えていた。そんな甘い考えに断固として反対をしたのは美佐子さんだった。

「海が不安定になる。海の親はあなただから」と。

「籍を入れれば私が海の母になれる」とも言った。

そのときまで、自分が海と美佐子さんを捨てるのだと思い込んでいた。けれど、そうじゃない。自分は海と美佐子さんに捨てられたのだった。

「適当すぎてめちゃくちゃ引くわー……」

マスク姿の沙織という女の子が声を上げる。メイクが気になるのか、バッグの中から出した手鏡で自分の睫に触れた。

「親の資格がまったくないんじゃないですかっ」

マスクを顎まで下げた璃子が目を三角にして怒っている。こめかみには青い血管が透けて見える。こんなに怒っている人間を久しぶりに見たような気がした。

駅のそばにある今どき珍しい純喫茶のソファ席に自分は座っていた。忍の家に海が作った料理を食べに行った帰りだった。璃子という海の友人と途中まで一緒に帰ることになった。海の料理を無理矢理に食べて腹は膨れ、酔いで目が回り、もう一歩も歩きたくなくて思わず隣を歩く璃子に言った。

「どっかでお茶でも飲もうか」

安いナンパ師みたいな誘い文句に璃子が鋭い視線を放ちながら、

「友だち一緒なら。この近くでバイトしててもう終わる頃だから」とスマホを手にする。

「友だち、いるんだ？」と返したら、人殺しを見るような目で睨まれた。

しばらくしてやって来たのは、璃子とはまるで正反対のタイプの沙織で、海たちと同じ高校の同級生ということだった。

なんでそんな話の流れになったのかはもうワインの呑み過ぎでわからなくなっていたが、気がつけば自分は璃子に尋問のような質問攻めに遭い、自分の半生をぺらぺらと口にしていた。

「そうだよな……適当すぎるよな親として」

話し過ぎたことを後悔しながらも、どこかせいせいした気持ちがあるのが不思議だった。もしかしたら、自分のことを誰かに聞いてほしかったのかもしれなかった。話したことに嘘はない。言葉にしたとおりに生きてきたのだから逃げも隠れもできない。璃子にも、彼女の友人である沙織にも、何を言われても反論できない。

だが、彼女たちの責めるような眼差しに居心地が悪くなって、大人げない嫌味が口をついて出た。

「じゃあ、君らにはなんの曇りもないんだな。人に顔向けできないようなことはなんにもないんだな」

璃子が鼻を膨らませて言う。

「あるわけないじゃないですか。ね。沙織」

「……」

さっきの勢いはどこに消えてしまったのか、そう話しかけられた沙織の瞳は暗く、テーブルの隅に視線を落としている。しばらくして璃子が何かに気づいたようにはっ、とした顔をした。

「あの……私」

沙織が口を開くと璃子が声を重ねるように言う。

「そんなこと、この人に言うことないって！」

それでも沙織の口は閉じなかった。

「私、高校のとき」

「いやいやいやいやいやいやいや。そんなこといいって今」

璃子がそう言うと、隣に座っていた沙織が璃子に体を向けてマスクを下ろした。

「いや璃子。だって、この人ろくでもないけどさ、海君のお父さんでしょう一応。だったら私、この人にもあやまらないといけなくない？　それにこの人だったら私の話を聞いてくれるような気がして……」

沙織はそう言ったあと、カフェオレのスプーンを手にして、再びソーサーに戻した。

「私、つらいんだよ……」

「なんでも言いな。どんな話でも聞くから」

思わず自分は言った。沙織が自分の目を見る。目のまわりは派手な化粧が施されているが、やはり目元の幼さは隠せない。小さな深呼吸をひとつして沙織が口を開いた。

「うん。忍が……、私は海君の前に忍とつきあっていたんだけど……」

「うん？　あ、そうなのか」

確かに初めて聞く話ではあった。

「そうなの。私とつきあっていた忍が突然海君を好きになって。私はふられて悔しくて、みんなに忍は男が好きだと言いふらしたの」

沙織の目の縁が赤く滲んでいる。沙織の手に璃子が手を重ねた。

「おじさんのこと適当とか言ってごめん。私のほうこそ最低な人間だよね」

顔を上げて沙織が自分の目を見る。

「海君にも申し訳ないことをしたと思っています。忍と海君の高校生活めちゃくちゃにしたの私なんだもん」

そう言いながら、沙織が頭を下げる。

「……海はそんなこと気にも留めていないと思うけど」

思わず自分が言うと璃子が大きな声を出した。

「いや、そんなことって言いますけど、本当の海の気持ちはわからないじゃないですか⁉︎ 緑亮の、いや、緑亮さんの」

「緑亮でいいよ」

「緑亮の話を聞いていると、どっちが大人なのかわからない。大事なことはなんにも言わないでわかってもらえてると信じてて、大人な海や美佐子さんに、緑亮、甘えてない⁉︎」

「甘えてるな、そうだよな」

自分の声も璃子に負けじと大きくなってしまった。店の客の視線が自分たちのテーブルに集まる。璃子が口元に人さし指をあてて「もっと小さな声で」と囁くように言った。自分と沙織が頷く。ひそやかな声で沙織が言った。

「私、緑亮さんはそんなことちゃんとわかっていると思うよ。悪いってわかっているのに、どうしてもしちゃうことって人間にはあるんだよ璃子」

「なによ！　沙織まで」

「しーっ」

今度は沙織が口の前に人さし指を立てる。

「少なくとも私は、璃子みたいに自分がどっこも悪くないと胸を張れるような人間じゃないんだよ。私がそうしたら、忍と海君が傷つくってはっきりわかってて、そうした。大悪人だよ。特に忍にとっては……」

そこまで言うと沙織がすすり泣きを始めた。再び、店の客の視線がこちらに集まる。自分が沙織を泣かせているみたいだ。そう思われたくなくて、自分は不躾《ぶしつけ》な視線を投げかけてくる店の客たちに笑顔をふりまいた。

「ちょちょちょちょちょっと沙織泣かないでー」

璃子が慌てて自分のトートバッグの中からタオルハンカチを取り出し、沙織に差し出す。そうしながら璃子も泣きそうになっている。自分は言った。

「やったことは消えないよ。それ背負ってみんな生きていくんだ」

「緑亮は余計なこと言うなよー」

璃子が抑えた声で自分を睨む。もうすっかり緑亮になっている。別にいいんだけど。

「うん。でもね、私璃子と緑亮さんに聞いてもらって、ほんの少しだけど楽になったんだよ。ほんの少しだけどね。自分だけが抱えてた高校時代なんて毎日地獄だった。忍を見るたびに責められている気がして。それもこれも全部自分が悪いんだけどね。……だけど、ほんと、つらかった」

「まだ忍君のことが好きなんだな」

自分がそう言うと、つーーーーーーーっと沙織の頬に涙が流れた。

「もう緑亮は余計なこと言って沙織を泣かさないでよーーーーー」

璃子が声を上げる。沙織の声も続いた。

「それは言わないで」

「もう言わないよ。でも、君ら、お互いにいい友だちだな」

自分がそう言うと、璃子の耳が真っ赤に染まった。

店の客の視線に耐えきれず、璃子と沙織と自分は純喫茶をあとにした。駅まで二人を送ってから、自分は駅裏の飲み屋に入った。もう呑めないとさっきまで思っていたはずなのに、今は無性にビールが呑みたかった。生を注文してさっそくやって来たビールを口にする。苦い泡が喉を刺激して通り過ぎていく。

さっき璃子に言われた「大事なことはなんにも言わないでわかってもらえてると信じて、大人な海や美佐子さんに、緑亮、甘えてない⁉」という言葉が、心のどこかに深く刺さっていた。確かに、と思いながら、ジョッキをあおる。一杯だけ呑んで店を出た。電車に乗って自分の住む町に帰る。古ぼけたアパートを見上げる。海を捨てて、美佐子さんからも離れて、表現がしたいとか青いことを言って辿り着いたのがこの場所か。カンカンと音を立てて赤錆だらけの階段を上がりながら、美佐子さんや霧子や海の顔が目の前にちらついて離れなかった。

玄関ドアを開ける前にデニムの後ろポケットに入れていた携帯を手にとる。指が覚えている番号を押す。呼び出し音が数回鳴り、留守番電話サービスに替わったところで電話を切った。霧子でも海でもなく、美佐子さんの声が聞きたかった。まだこんな時間でも仕事をしているのだ、と思ったら、再び自分のふがいなさに呆れ、それでも自分からは何もできず、そんな男になってしまった自分に言葉を失った。自分は腹を空かせて、パン屋からパンをかっぱらったときからなにも成長していない。そう思ったら、忍の家で呑んだワインの酔いがこめかみのあたりをきつく締めつけ始めた。

海とは近所に住んでいるのだから、会いたくなれば会いにいけばいい。

そう思うのだけれど、海の住んでいるアパートのほうに足は向かない。

会いたくないわけじゃない。いいや、もしかしたら自分は海と対峙するのが怖いのかもしれなかった。

海のボーイフレンド、忍の家に、呼ばれたらほいほいと行くのは、そういう場なら海が自分を責めることはない、とずるく思っているせいかもしれない。

その日は仕事で体がぼろぼろで、どんなものでもいいから疲労を回復させてくれるドリンク剤と夕食を求めてコンビニに寄った。冷蔵の棚に腕を伸ばすと、同じドリンク剤に白くて細い腕が伸びてくる。

「あ」

女の子かと思い顔を見ると海だった。自分と同じくらい疲れた顔をしていて目の下のクマが黒々としている。思わず尋ねる。

「今日、バイト休みなのか？」

「うん。定休日。だけど、なんだか体がぞくぞくして……」

そう言って海は自分の体をさする。思わず海の額に触れた。ひどく熱い。

「こんなところよりまず病院だろ」

「ドリンク剤と風邪薬飲んでれば治るよ」

「ちょっと待て」

そう言ってその場を離れようとする海を引き止める。自分の手にしたカゴにレトルトのおかゆやゼリー、オレンジジュースを入れていく。

「体温計あるのか？」

ううん、と海は首を振る。体温計もカゴに入れて会計を済ませた。

「歩けるか？」

「歩けるよ。ここまで来たんだから」と海は笑いながら言うが、足元はおぼつかない。肩を貸した。海と触れている部分がじっとりと熱い。このコンビニなら自分のアパートのほうが近い。海を一人、海のアパートに寝かせておくのも心配だった。

「多分、おまえのところよりは綺麗だと思うから家で寝ろ」

そう言うと、海がかすかに頷く。海に肩を貸しながら、二人よろよろと歩き出した。海はいつの間にか自分と同じくらいの背の高さになっていた。歩きながら、こういうときに海が一番に頼るのは忍ではないのか、もしかしたら二人の間に何かあったのかもしれないな、とふと思う。

アパートの階段を二人で苦労して上がり、部屋の鍵を開けた。六畳一間のアパート。その窓際にシングルベッドが寄せてある。そこに海を寝かせる。寒い、というので、掛け布団の上に押し入れから出した毛布やタオルケットをかぶせた。顔は赤い。さっき買ったばかりの体温計を腋《わき》に挟ませる。三十九度。コロナかもしれないと思う。けれど、今は午後八時過ぎだ。発熱外来に電話をかけてもすぐに診てくれるかどうかわからない。

「喉は痛くないか?」

海は黙って目を閉じたまま首を振る。

「こんな熱、心配だからとにかく今日はここで寝ろ。腹は?」

再び首を振る。

「でも、薬を飲む前に何か腹に入れないと」

そう言いながら、自分はコンビニの白い袋の中からゼリーをひとつ取り出した。パッケージを開け、コンビニでもらったプラスチックのスプーンで海の口に運ぼうとすると、

「子どもじゃないから」

と、かすかに笑いながら体を起こす。海が自分でゼリーを二口三口、口に運ぶ。台所に

あったコップに水を汲んで海に渡し、家にあった風邪薬を飲ませた。

「寝られるようなら少し寝ろ。寝られないなら目だけ閉じておけ」

そう言って布団をかけ直し、額に水で濡らして絞ったタオルを置いた。海が目を閉じる。

ふーっと聞こえないくらいのため息をつくと、腹が鳴った。そうだ。コンビニには自分の夕食（というかつまみ）を買いに行ったんだった。台所に行き、冷蔵庫の中をあさる。すぐに食べられそうなものはない。冷凍庫にはいつ買ったのかわからない冷凍うどんが一玉。霜がついているが、それしかないのだから仕方がない。

小鍋に湯を沸かし、冷凍のうどんを茹でる。すぐに茹で上がったうどんをどんぶりにあけて、めんつゆを回しかけて、鰹節をかける。簡素な夕食を台所で立ったまま食べた。

「それだけ？」

背中から小さな声がする。振り返るとベッドに寝たまま海がこっちを見ている。

「それだけで足りるの？」

「給料日前だからな。仕方がない」

そう言ってまた、海に背を向け、うどんをすする。すぐに食べ終わってしまったうどんのどんぶりを流しにおいて、ベッドの横に腰を下ろした。

「つらくないか？」

海はその問いには答えずに言う。

「元気なら、父さんに何か作ったのにな」

「ああ。またうまい飯を作ってくれよ。とにかく今日はここで寝ろ」

しばらくの間、海は何も言わない。時計の針が時を刻む音。隣からかすかに聞こえる話し声。この部屋にいると、あの町で初めて住んだアパートの部屋を思い出す。あの部屋も壁が薄く、隣人の目覚まし時計の音で海が目を醒ましたりした。冬はひどく寒かったから、ひとつの毛布に海とくるまって眠った。幼い海の体はあたたかく、鼻先にあたる柔らかい髪の毛がくすぐったかった。


眠っているのかどうか、目を閉じている海に視線を落とす。マスクをつけたままなので、目のあたりしか見えないが、海の目元は霧子によく似ていると思う。霧子が家を出てから、彼女とはほとんど会っていない。一度は心を通い合わせた相手とはいえ、今、彼女にかける言葉を自分は持っていない。もちろん彼女を責められるわけもない。自分も同じことをしたのだから。母性がない人間なのだ、と誹《そし》る権利もない。けれど、自分と霧子は本来、親になるべき人間じゃなかった。


海が目を閉じたまま口を開く。

「熱が出ると美佐子さんを思い出すな。ぼくを背中におんぶして走ってくれて……。父さんと暮らしていたときだって、そういうことはたくさんあったはずなのに。ぼく、あんまり覚えていないんだよ」

「おまえが……」

　声がかすれた。

「海がまだ小さかったから」

「母さんが出て行ったときのこともぼく、あんまり覚えてないな。大きな声で泣いたような気もするけれど……。でも、父さんが出て行ったときのことはよく覚えているんだ。泣きそうなぼくを慰めて、美佐子さんがフレンチトースト作ってくれた。すっごい甘いフレンチトースト。あれを食べて、ぼくも大きくなったら料理がしたいって思ったんだよ、そのとき」

「……そっか」

「父さん、美佐子さんのことが嫌いになっちゃったの？」

「……そうじゃない」

「なら、今からでも、父さんは美佐子さんと暮らせばいいのに。あんなにいい人、この世にいないよ。ぼく、美佐子さんがいなければ生きてこられなかった」

　海の言葉はどこか譫言《うわごと》のようで幼い子どもが駄々をこねているようにも聞こえた。けれど、海の言うことは全部、海の言うとおりで、何もどこも間違ってはいない。けれど、自分は怖かった。海の言葉をどこか怖れていた。今の今まで、こんなふうに海と対峙したことはなかったのだ。やり終えていなかった宿題をいきなり鼻先に突きつけられているような気がした。

「父さんと母さんは、なんでぼくをこの世に生み出そうと思ったの？　二人とも育てる気なんかなかったのに」

海の言葉にかすかな怒りが混じる。

「ぼくの見た目とか、ぼくの性格とか、男の子が好きなこととか、ぼくはさ、普通の子と違うから、これでも、今までいろいろと大変だったんだよ。美佐子さんは優しかったよ。そんなぼくをまるごと受け入れてくれた。でも、美佐子さんは多分、ぼくと血が繋がっていないから、他人だからぼくに優しくできるんだよ。美佐子さんが優しくしてくれるから、ぼくは大丈夫なふりをしてた。泣かないようにしていた。いじめられても平気な顔してた。だけどさ、ぼくはぜんぜん大丈夫なんかじゃなかったよ。そんなときに父さんは、全部を美佐子さんに任せて、いなくなったんだ」

自分は海に近づき、額のタオルを手にした。熱ですっかりぬるくなっている。その手を海が握った。手が熱い。マスクの上の海の目が涙なのか、熱なのか、赤く滲んでいる。

「父さんさ、なんでぼくを捨てたの？」

それは何十年も前に自分の母に聞きたかった問いでもあった。あの悲しみがわかっているくせに、なんで海にも同じ目に遭わせるようなことをしたのか。がらんどうのアパートの一室で呆然としている幼い自分に、幼い海の姿が重なっていた。やりきれない重い沈黙。

それでも自分は口を開いた。

「海、捨てたんじゃない。離れただけだ」

海が心底あきれた目を自分に向けた。そんなことわかっているはずだった。そんな答えを自分の母から受け取っても受け入れられるはずがない。

「そんなこと、父さんが言うことじゃないんじゃないか。ぼくや美佐子さんが父さんのその言葉で納得すると思う?」

真っ赤な顔をした海が起き上がろうとする。自分はそれを力まかせにベッドに押しつける。自然にマスク同士の二人が向き合う形になった。

「俺が勝手だから、俺が海を傷つけた」

「そうだよ! ぼくは傷だらけだよ。父さんが勝手にぼくのことを捨てたからだ。それからはなんにもうまくいかない。忍と仲良くしたいのに、忍もぼくのことなんかまるでわかってくれない。その場限りのちゃらけたやつだと思っているんだああああああ」

海が顔を背け、体を丸めて声を上げて泣いた。そんな声を聞いたことはなかった。幼い頃の海の泣き声ならよく覚えている。けれど、声変わりを終えて大人になった海の泣き声を聞いたのは初めてのことだった。海の背中を擦った。海が幼い頃、熱を出したとき、調子が悪いとき、保育園でいじめられたとき、いつもこんなふうに背中を擦っていたことを思い出した。霧子が出て行ったとき、折れてしまいそうだった背骨は、今では完全に大人のものだった。

長い間、そうしていた。海のかすかな寝息が聞こえ始める。布団を整えて、まっすぐに寝かせた。海の眉間には深い皺が刻まれ、目尻には小さなガラス玉のような涙の粒が見えた。ぬるくなってしまったタオルを手に持ち、台所で水に浸し、絞る。そのタオルを海の額に置いた。自分は海のベッドの下に毛布をかぶって横になった。夜中、何度か起きて、海の額に触れる。薬が効いているのか、熱は次第に下がっているようだった。安心して目を閉じる。

いくつか夢を見た。くり返し見る母親が出て行ったあとのがらんどうのアパートの夢。美佐子さんと海と住んでいたマンションの部屋を出て行こうとする自分の夢も見た。寒い日だった。夜明け前に自分はトランクひとつだけ持って部屋を出た。歩くたびに吐く息が白い。ごめんな、ごめんな、と心のなかでつぶやきながら、歩き続ける。東京に自分の夢を置き忘れて、それを取り返しにいくつもりだった。けれど、海を美佐子さんの元に置いてまでして、本当にやりたかったことなのか？　夢のなかの自分にそう問いかけられた。

朝方、あまりの寒さで目が覚めた。自分が気づかぬうちに季節は巡っている。もう夏はすっかり終わり、秋を通りこして初冬が来たようだった。体を伸ばしながら、自分の体に毛布とタオルケットが掛けられていることに気づく。そうだ、昨日、海が来て……。起き上がってベッドに目をやる。手をやるとシーツは冷たい。海はもういない。ベッドは整えられて、濡れたタオルも流しの横に畳んで置いてあった。

「捨てたんじゃない。離れただけだ」

昨日、海に向かって放った言葉がまだこの部屋に浮遊しているような気がした。海はその言葉を受け取らなかった。でも、と自分は思う。

まだ生きている限りチャンスはあるんじゃないかと。呆れた夢想かもしれない。でも自分の人生でやり残したことと言えば、もう一度、海と親と子、いいや人間として深い関係を築くことなのだ。自分は、母とはあれきり会うことはできなかった。母は、遠い東北の地で一人で死んだのだと、二十歳になったとき叔母から知らされた。死に目にも会えなかった。そういう関係の二人だったのだ。けれど、自分はまだ生きている。もう一度、海との関係を再構築する。残りの人生をかけて。海のためにできることはまだあるんじゃないか。海のために生きることはまだできるんじゃないか。海が頼ってくれるのなら、自分はできる限り、自分の人生を海に捧げる。調子の良さに歯が浮くような思いがするけれど、できないことじゃないだろう、と思う。

自分は自分の母とは違う。そう思いたかった。

そう思いながら、冷蔵庫を開け、昨日買ったドリンク剤の蓋を開ける。独特の苦みと人工的な甘みのある液体を一気に飲み込んで深呼吸した。流しで手を洗う。そのとき、後頭部を殴られたような強い痛みを感じた。しゃがみ込むこともできないまま、そのまま後ろに倒れる。どすん、という強い衝撃。誰もいない台所の床に自分は仰向けになっている。天井の奇妙な安いプリント模様を見ながら、どうすることもできないでいる。しばらくすると、どこからか救急車のサイレンが聞こえてきた。海のために生きなくちゃ。海ともう一度、会わなくちゃ。段々、薄れていく意識のなかで、自分は高熱の海を背負って病院への道を走った幾晩もの夜を思い出していた。

最終話　海

学校は日を追うにつれ、忙しくなっていた。そのうえ、生活のためのバイトもある。バイトを削れば日々の生活が立ちゆかなくなる。だから、ぼくは奥歯を嚙みしめて、地面に足を踏んばって立っていた（そんなことは生まれて初めてのことだ）。

その間、いつだって忍のことは頭にあった。会わない時間が積み上げられていけばいくほど、思いは募った。けれど、携帯に電話をかけても出ないし、ＬＩＮＥもメッセージも無視される。忍のマンションに訪ねて行けばいいのでは？　と思わないこともなかったけれど、実際のところ、そのための時間がなかった。じゃあ、いったいぼくはどうすればいいんだろう、と思いながら、自分のことだけで精一杯で、日々は瞬時に溶けて遥か彼方に消えていく。いつまでも暑い時期が過ぎて、世界は秋から冬に向かおうとしていた。東京に来て、忍が隣にいない季節が過ぎていった。

ぼくのアパートにひとつの段ボールが送られてきたのは、毛布一枚で寝るには肌寒いと感じる十一月になったばかりの日曜の朝のことだった。差出人は忍。開けるまでもなく、段ボールの中には自分の荷物が入っていることはなんとなくわかった。だから開けたくなかった。そこに自分の着慣れたTシャツなんかが入っていたら、傷つくもの。

ガムテープで几帳面に封をされた荷物を見ながら、ぼくがいちばん怖れていたことを突きつけられたような気がした。これっきり、忍との関係が終わってしまうのではないか、ということ。いや、ぼくと忍との関係でそんなことがあるわけない。自分にそう思い込ませようとした。だから段ボールのことはあまり見ないようにして、玄関に置いたまま、ぼくは不機嫌に傾きそうになる顔をマスクで隠して、日々をやり過ごしていた。

だってぼくはこのまま忍との関係を終わらせる気なんてまったくなかったし、忍はぼくとバイト先の店長とのことをなんだか勘違いしているみたいだけど、そんなの二人の関係にとってまるで関係のないことだ。今、ちょっと距離は離れてしまっているけれど、ぼくと忍との関係はずっと続く。そのことをぼくは疑いもしなかったし、ぼくのその気持ちに変な混ざり物なんて一切なかった。

そうは言っても、自分のキーホルダーについている忍の部屋の鍵が揺れて、音を立てるたび、心も揺れた。単純に忍に会いたかった。いつかのあの日のように、忍と一緒にお風呂に入り、ぼくの体を洗ってほしかった。ぼくの髪を撫で、いろんなところにキスしてほしかった。忍の部屋の青いシーツのベッドで、二人で子犬みたいにくっついて眠りたかった。なんで連絡をくれないんだよ。気持ちはねじれたまま、からまってしまった糸をどこからほぐしていいのか、ぼくにはわからなかった。

父と偶然会った二日後、授業を終えて学校を出ると、腕組みをした璃子が門の外に立っていた。

璃子はぼくの顔を見つけると、ちょっと怖い顔をした。バイトがあるから、と言っているのに、五分だけでいいから、とまるでぼくを連行するように、腕をとって、学校のそばにある古い喫茶店に連れて行こうとする。ぼくがあの町でバイトしていたような店だ。まわりにいる同級生たちは、ぼくと璃子をなんだか珍しい動物でも見るような目で見ている。その視線がたまらなくて、ぼくはその店に飛びこむように入った。

人気のない店のなか、ボックス席に璃子とぼくは向かい合って座った。璃子と会うのも久しぶりだけれど、璃子はあの町にいたときと何も変わらない。言うと怒るから黙っていたけれど、高校生のままだった。

「話、長くなりそう?」璃子が黙っているのでぼくは尋ねた。

「うん、そうかもね」と璃子はどこか皮肉めいた笑みを浮かべて答える。

すかさずぼくは店の外に出てバイト先に電話をかけた。

「すみません。少し遅れます」

「急用?」店長の声が鼓膜《こまく》を震わせる。

「……すみません。なんだか背中がぞくぞくして」

とっさにするすると嘘が口をついて出て、実際胸のあたりがちくりとした。

「だったら今日はいいよ。今夜は予約のお客さんもいないし、海がいなくても多分、大丈夫。なんだか最近体調悪いみたいだし、今日は休んで、早く体治しな」

「ほんっとすみません」

店長の言葉に多少の罪悪感を抱えながら、ぼくはぺこぺこと頭を下げ、電話を切った。

店のなかに戻ると、璃子がマスクを外してココアを飲んでいる姿が目に入った。ぼくの席の前には熱いコーヒーが置かれている。

「ごめん」と言いながら、ぼくは璃子の向かいにもう一度座る。

「で、話って？」わかっているのにわざととぼけてぼくは聞いた。

璃子は手にしたカップにそっと息を吹きかけ、ゆっくりひとくちココアを飲んで口を開いた。

「まあ、忍のことなんだけど。忍、海と会わなくなってどんどん瘦《や》せちゃって。大学以外は外に出ないし。なんだかちょっと病んでるっていうか……顔色も白いというか透明というか。それに……」

「何？」

「あのマンションにはもういないんだよ。あの部屋はもう引き払って、忍のお父さんが忍を東京の親戚の家に無理矢理……」

「えっ、忍、あの部屋にもういないの？」

「忍のお父さんがもう忍を自由にさせない、って」

「だから、荷物、送ってきたのか……」ぼくは思わずテーブルに視線を落とした。

「だけどね、海、あれ以来、ぜんっぜん忍に会いにも来なかったじゃん。だから忍……」

「いや、連絡は何度もしたって。だけど、電話もＬＩＮＥも無視されるし、学校もバイトも忙しいし」

「それはわかるけど、少し放っておきすぎじゃない？　海、呑気《のんき》すぎ！」

そう言われて返す言葉もなかった。

「ねえ、璃子から忍に連絡とってくれない？」

「えっ、それを私に頼むわけ⁉」

「ぼくが連絡したって無視されるだけなんだもの。もし、もう忍がぼくと会わないと考えていたって、このまま忍と離れ離れになるの、ぼくはいやだ。ぼくがここにいることを言わないで、忍を呼びだして。ねえ、お願い」

ぼくは璃子に手を合わせた。璃子は腕を組んでしばらくの間、考え込んで言った。

「仕方がないなあ……だったら私の部屋で会わない？　ここじゃ忍は来ないと思うよ。なにしろ、あの人、滅多に外に出ないから」

そう言いながらも璃子はその場でバッグから携帯を取り出して、忍にメッセージを送ってくれた。「あ」と璃子が携帯の画面をぼくに見せる。

「すぐ行く」と一言。ぼくは湧き上がる嫉妬の気持ちを抑えながら璃子に聞いた。

「なんて言って呼びだしたの？」

「パソコンが壊れたーって」

「そんな理由なら来るのかよ。璃子の用事ならこんなにあっという間に来るわけ⁉　ぼくの電話やＬＩＮＥは全無視なのに⁉」

「どうでもいい用事だからだよ！　それ以上深掘りしないで、悲しくなるから！」

璃子がなぜだかぼくから顔を背けるようにして店を出る。ぼくも二人分のお茶代を払って璃子に続いた。

璃子の家は確かぼくの学校のある駅から電車で十五分ほどだ。忍がどこからやって来るのか知らないが、璃子は「早く、早く」とぼくを急かす。

忍とも幾度か来たことはあるが、璃子のワンルームマンションはベッドと机と本棚があるだけの簡素な部屋だ。ただし、その本棚にはＢＬ本が上から下までみっちり詰まっているんだけど。

部屋の真ん中に敷かれた丸いラグに座って、ぼくと璃子は忍が来るのを待った。正直なところ、ぼくはひどく緊張していた。ぼくが思っている以上に、忍はぼくのことを怒っているらしい、ということがやっとわかったからだ。自分の呑気さに心底呆れた。

しばらく待つとドアチャイムが鳴る音がした。璃子とぼくは顔を見合わせる。うん、と璃子が頷いて、ぼくも頷いて、璃子が立ち上がった。玄関に向かい、ドアを開ける。忍が立っている。部屋の奥に目をやって、ぼくがいることがわかると、そのままドアを閉じようとする。璃子が慌てて忍の腕をとる。

「ねえ、忍、ちょっと待って！」

ぼくも立ち上がり、忍に近づいた。璃子が言う。

「あのさ、ちゃんと話したほうがいいよ。ね、忍」

さっき璃子から聞かされたとおり、忍は随分痩せている、というかやつれている。頬のあたりのこけ方と目の下の黒いクマを見て、怖くなった。忍、体のどこかが悪いんじゃないかと思って。璃子が忍の腕を引っ張り、無理矢理部屋に上げようとする。その勢いに押されたのか、忍も渋々といった様子でスニーカーを脱いだ。忍がぼくの目の前に座る。なんだかその体も紙のように薄くて、本当に大丈夫なのか心配になった。忍のほうはといえば、不自然にぼくのほうを見ない。二人の間にある小さな丸テーブルの端のほうに視線を落としている。

「私、じゃあ、コンビニに行ってくるね」と璃子が言う。

「いてほしい」と忍がはっきりとした声で答えた。璃子はぼくの顔を見て、仕方がないな、という顔でベッドの端に腰をかけた。

いくら学校やバイトが忙しかったとはいえ、忍を一人置き去りみたいな状態にして、こんなふうにしたのはぼくなのだ、と思うと、自分がとんでもない大馬鹿者に思えてくる。忍はぼくが思っていたほど強い人間ではない。繊細で壊れやすい。ぼくは忍から距離を置くべきじゃなかった。何度、拒絶されても忍のそばにいなくちゃいけなかったんだ。そんなこと、わかっていたはずなのに。どこに話の糸口を作ればいいのかわからなかったけれど、忍が多分、気にしているだろうことについて、あやまらなくちゃいけないと思った。

「何度も言うけど誤解だよ、忍。忍が見た店長とはなんでもないし、ぼくには忍以外に好きな人なんていないんだよ」

「…………」

「忍、やっと東京に来られたんだよ。この町ではぼくらのこと、変な噂をたてる人もいない。ここでは生きたいように生きていいんだよ。ねえ、お願い。もう一回ぼくと……」

そこまで言うと、忍の顔がくしゃりと歪んだ。忍が口を開く。

「自分のせいで母さんが倒れた。自分のことを心配し過ぎて。母さんの育て方が悪かったと、父さんに責められ続けて。いちばん悪いのは自分なんだよ。僕の存在が母さんを追い詰めた」

思わず忍の頬に手が伸びた。ぼくの手を煩《わずら》わしげに忍が手で払う。そのことが悲しかった。忍が再び口を開く。

「海と出会わなければ、自分は自分のままでいられたんだ。世の中で生きやすい自分のままで。真っ赤なペンキをかぶることもなかった。海と出会わなければ、いつまでも本当の自分を隠して、普通の人として生きていけたはず」

「それが忍の本心？　ぼくたちが出会ったことがそもそもの間違いなの？　ぼくたちは出会わなければよかったの？」

「………」忍は泣くことを必死に我慢している。それでも涙はこぼれた。

ぼくは手を伸ばして、忍の頬に触れた。あたたかい涙がぼくの手の甲を流れていく。ぼくの手に忍の手が触れる。その手もあたたかかった。忍の血が通っている忍の手だ。

「お母さんのことも忍のせいなんかじゃない。忍はなんにも悪くない」

ぼくは自分の手のひらを移動させて、忍の首筋に置いた。とくとくと拍動を感じる。忍が生きている証拠だ。そのとき、ぼくの肩にぼすっと、クッションが当たった。

「もう帰った帰った！　あんたたち、二人になると途端にまわりが目に入らなくなる。続きは二人でやってよ。ここ、私の部屋だし！」

なんでか目を真っ赤にした璃子が泣きべそをかきながら叫んでいる。

「えっ、でも今日、ぼく、なんか作ってみんなで食べようと思ったのに」

「あんた、マジ馬鹿？　これで忍とやっと仲直りできたんでしょう？　今日くらい忍と二人でいなよ。忍だって、私みたいな存在がいたら、海に甘えることができないじゃん。さあ、帰って帰って！　シッ！　シッ！」

　そうやってまるで野良犬を追い払うようにぼくらを部屋から追いだそうとする。慌ててスニーカーをつっかけて外に出るとバタンとドアは閉じられ、そのあとにクッションかなにかが、やわらかいものが当たる音がした。かすかに泣き声が聞こえたような気がしたけれど、忍がぼくの手を握り返してきたので、ぼくも握り返し、マスクをずらして、その場で忍の頬にくちびるで触れた。いつの間にか、泣き声は聞こえなくなって、やっぱり空耳だったか、と思いながら、ぼくと忍は璃子の部屋をあとにしたのだった。


　帰り道、電車のなかでも、ぼくのアパートに続く道でも、ぼくは忍と繋いだ手を離さなかった。うれしかったのは、いつもなら人前で手を繋いでくれない忍が、ぼくの手を離そうとしなかったことだ。誰に見られても、何を思われても、どうでもよかった。忍も同じ気持ちなら、なおうれしかった。

　ぼくのアパートのドアを開けると、忍が目を丸くした。わかってはいたけれど、改めて見ても部屋のなかはぐちゃぐちゃだった。床の上にもベッドの上にも洗っていない洋服とか教科書とか料理の本とかが、積み上げられ、崩れて、地層のようになっていた。

「ええとね、本当に忙しかったんだよ。わかってくれる？」

　忍はこくりと頷き、それでもローテーブルの前をざっくりと片付けて、二人、座れるくらいのスペースを作ってくれた。

ぼくは流しの汚れ物を大慌てで洗い、パスタを作る用意をした。冷蔵庫のなかには店からもらってきたたらこと、ちょっと萎《しな》びてしまった大葉がある。これでたらこスパゲッティを作ろう。

ぼくのアパートの台所は忍と二人で並ぶスペースもないから、ぼくは一人で手早く作業を始めた。時々振り返ると、忍は体育座りでぼんやりこちらを見てる。

「すぐだから！」と伝えると、忍はマスクを外さないまま、片手を上げた。マスクの下の顔が笑顔であればいいと思った。

「できた！　忍、できたできた、さあ食べよう」

ぼくはやっぱりいろんなものが山積みのテーブルをざっと片付けて、ふたつの皿を置いた。忍はマスクを外してフォークを手にしてくれたけれど、予想どおり、食欲はいまいちだった。くるくるとスパゲッティをフォークに巻いて忍の口に持っていくけれど、ううん、と黙ったまま首を振る。まるで聞き分けのない子どもだ。だけど、それでも、ぼくはうれしかった。忍にもっともっとわがままになってほしかった。

「じゃあ、お風呂！　そうだ！　お風呂に入ろう！」

ぼくは忍を抱きかかえるように立たせ、服を脱がせた。

忍は恥ずかしそうに体をよじったけれど、それでもぼくのなすがままだった。ぼくも服を脱ぎ、二人でシャワーを浴びた。忍のマンションでは忍がぼくの体を洗ってくれたけれど、今日はぼくが忍の体を洗った。

忍の体は本当に痩せていて、ちょっとびっくりするくらいだった。洗いながらぼくは忍の体のいろいろな場所にキスをした。狭い浴室で二人、滑って転びそうになって笑った。そんなことでも忍が笑ってくれたのがうれしかった。二人で体中の泡を流して、浴室の外の床に置きっぱなしになっていたちょっとましなタオルで忍の体を拭く。忍の髪の毛を拭いているとき、忍がぼくにキスをした。ちょっと大人みたいなキスだ。忍がぼくにそんなことをしたことがない。そのキスでぼくの体の中心に熱が集まりはじめる。

やっぱり汚いベッドのシーツを剝がして、押し入れのなかから新品のシーツを慌てて広げた。なんでもないことをしているようで、本当のことを言えばぼくは少し怖かった。忍だって多分、同じ気持ちだったと思う。それでも、忍と見つめ合っているうちに、ぼくの体は歯止めがきかなくなった。

ぼくと忍は裸のまま抱き合った。忍の体中にキスをすると、忍も同じ場所にキスを返してくれる。誰にも邪魔されないしあわせな時間だった。ぼくはそれを堪能し、その時間が永遠に続くことを願った。心を決めて、つるりとした忍自身を口に含んだ。そんなことをするのは生まれて初めてだったけれど、ぼくはそうしたかった。

忍が苦しそうな声をあげる。

「忍、声、出して」

ぼくがそう言っているのに、忍は自分の腕を噛んでこらえている。ぼくはその腕を外して、忍の目を見つめた。瞳のなかにぼくがうつっている。ぼくはいつまでも忍の瞳のなかにいたかった。ぼくが忍にしてあげたことを忍もぼくにしてくれる。ぼくらは抱き合って眠ったことはあってもそれ以上のことはしたことがない。二人とも慣れていないのだから、工夫も努力も必要だった。それでもぼくらはなんとか事を進めた。たくさんのキスと数え切れない抱擁。青いシーツの上でぼくらは魚のようになって、お互いを求め合った。

疲れのせいか、すぐにぼくは眠りについた。深い、深い、眠りだった。

ほんの一瞬目が覚めると、まどろみのなかで、腕のなかにいた忍がぼくに言った。

「僕ね、今日のことは一生忘れない。死ぬまで絶対に忘れないよ」

ぼくは夢のなかにいるのだと思った。それでも夢のなかで返事をした。

「そんな当たり前のこと、なんで言うの？　ぼくたち、これからも、ずっとずっと一緒にいるのに」

腕のなかの忍がぼくに顔を寄せる。深いキス。何度も何度も。

目覚めると、外は深海のような色をしていた。あまりの寒さで目を醒ます。思わず毛布を体に巻き付けた。それなのに、いるはずの忍がいない。トイレからも浴室からも物音はしない。床に散らばっているはずの忍の服もない。何かが手のひらに触れた。シーツの上に四つ折りにした紙が転がっている。広げて見る。忍の細い文字で「ありがとう、さようなら」と書かれている。

「なんだよ、これ！」思わず声が出た。壁を拳で叩く。そのとき、携帯が震えた。見知らぬ番号だったが、忍かもしれないと電話に出た。でも、そうじゃなかった。病院からだった。父さんがアパートで倒れて救急車で病院に運ばれたという。


ぼくが病院に着いたときには、父さんの意識はもうなかった。

白い父さんの顔を見て、ああ、父さんの魂はもうここにはないのだと悟った。美佐子さんも間に合わなかった。父さんはぼくだけに見守られながら逝った。ぼくは父さんの荒れた手を握って、ほんの少しだけ泣いた。思い出したのはぼくが熱を出したときに父さんが看病をしてくれた夜のことだった。一人、うどんをかきこんでいる父さんの背中を思い出して寂しかった。あの日、ありがとう、とも、ごめんね、とも言わずに父さんの部屋を飛び出したことを今さらながら悔いた。

その日の午後には美佐子さんがやって来た。父さんを見ても美佐子さんは、泣きはしなかった。霊安室で父さんの遺体に手を合わせる美佐子さんの背中を見るともなしに見た。しばらく会わなかった美佐子さんの体がなんだかずいぶん小さくなったような気がした。美佐子さんは美佐子さんで、ぼくを見て、「また背が伸びたんだね！」と驚いたような声をあげた。

　病院で渡された父さんの財布のなかには、「葬式は金がないのでしないでほしい。借金も遺産もありません」とだけ書かれた紙片が入っていた。

「それならばお望みどおりにしてあげよう」

　美佐子さんはそう言って、火葬の段取りをてきぱきと進めた。

　翌日の夕方、ぼくと美佐子さんはたった二人だけで火葬場に行き、父さんの体が骨になるのを待った。忍のことは気になっていたし、美佐子さんももしかしたら聞きたかったのかもしれないけれど、ぼくには何も言わなかった。予想外に大きい骨壺を抱えて、美佐子さんと二人、ぼくのアパートに帰った。この前使った食器も、シーツもそのままだ。ぼくは急に恥ずかしくなってシーツを丸めて洗濯機に突っ込み、慌てて部屋を片付け始めた。

「そんなの大丈夫。海も疲れているだろうに。座って、少し休みな」

　美佐子さんはそう言って、途中のコンビニで買ったお茶をぼくに渡してくれた。

　美佐子さんの膝の上に父さんの骨壺の入った箱がある。昨日までは生きていた父さんなのに、もうそんなところにいる。

「あっけないねえ。しばらく会わないうちに、こんなに小さくなっちゃって」

　そう言いながら、美佐子さんが箱を幾度も撫でる。そのなんにも塗られていない指先が随分と荒れていることに気づく。父さんの指と同じだ。

「自分勝手で迷惑ばっかりかけられたけれど、緑亮さんがいなかったら海と出会えなかった。海の母親にしてくれた。自由に生きていいんだと教えてくれた。それだけで十分。いい人だったと思うよ。死んでから言うなんて反則だけど」美佐子さんはそう言って泣き笑いのような表情をする。

「海は海。コロはコロ。みんなそれぞれ違う人。だけどいっしょにいたいから」

思わずぼくは口にしていた。美佐子さんが笑う。

「自分は一人でどっかに行っちゃったくせにねえ。……だけど、海と緑亮さんと家族だった毎日は奇跡みたいな瞬間の連続だった」

そう言って美佐子さんはほんの短い間、泣いた。

「出会えてよかった。なんだか自分の人生でいちばんいいときだったな、って最近よく思うの」

「そんな人生が終わりみたいなこと言わないで。美佐子さんにはこれからもいいことがいっぱい続くんだから」

美佐子さんが父さんのことをうれしそうに話すのを見て思い浮かんだのは、忍のことだった。父さんが亡くなったというのに、やっぱり自分の心を占めているのは忍なのだった。でも、美佐子さんに心配をかけたくなかったから忍のことは話さなかった。俯く美佐子さんの頭頂部に白いものを見つけて、ここにも大事にしなくちゃいけない人がいることに気づく。

「ぼくの母さんはこれからもずっと美佐子さんだから。今までだって、これからだって、ずっとずっとそうなんだ。……ぼく、なんか夕食を作るよ。そこまで買い物に行ってくる」

そう美佐子さんに告げて家を出た。

アパートの階段を下りながら携帯を見る。忍からの連絡はない。LINEやメッセージを読んだ気配もない。ふと思う。忍と体の交わりがなければ、自分の心はもっと楽だったのかもな、なんて。そのときなぜだか思った。人生って自分が思っているよりもずっとずっと長いな、と。この前まで生まれたて、だと思っていた自分が急に年齢を重ねたような気がした。そんなことを思ったのは、生まれて初めてのことだった。


それでも日々は続いた。忍の居場所もわからない今、自分がなにをすべきかもわからない。だけど、目の前にある学校とバイト。それを見失うわけにはいかなかった。

閉店間際の店に見慣れた顔がやって来たのは、父さんが亡くなって一週間が経った日のことだった。璃子と沙織がどこか緊張した顔で店の入口に立っている。璃子はともかく、沙織に会うのは高校以来のことだった。綺麗にメイクをして高校のときとはまるで様子が違っているが、確かにあの沙織だ。なんで璃子と？　と思っていると店長が口を開いた。

「いつか来てくれた同級生だよね？　だったら今日はこのまま上がっていいから」

「ありがとうございます」とぼくは何度も頭を下げ、二人と連れだって店をあとにした。

璃子が言う。

「だったら、うちに来ない？　なんもないけど、話だけはいくらでもできるからさ」

璃子の言葉に甘えて、ぼくたち三人は終電間際の電車に乗って、璃子の部屋に向かった。

あの日以来の璃子の部屋だと思うと、あのときここにいた忍を思ってぼくの胸は痛んだ。

璃子がペットボトルのお茶をグラスに注いでくれる。璃子が小さな袋に入ったブーケをぼくに渡してくれた。父さんが亡くなったことは璃子にはＬＩＮＥで伝えてあった。

「これは？」

璃子が口を開く。

「私と沙織から。緑亮の、ううん、緑亮さんに。本当のことを言えば、緑亮さんのことはあんまり得意じゃなかったけど、もっといろんな話がしたかったよ。ね」

璃子の隣に座った沙織が目を赤くしながら口を開く。

「うん。私も緑亮さんに会って自分の気持ちを聞いてもらって随分楽になったの。もっといろんなこと聞いて欲しかったし、いろんな話がしたかった」

「えっ。ぼくの父さんと会ったことがあるの？」

「璃子経由で緑亮さんと知り合って、何回かお茶したことがあるの。……あ、でも海君。高校のときは本当にごめんなさい」

沙織が床に手をついてぼくに向かって深く頭を下げる。

「忍にも海君にも本当にひどいことをしたと思っています」

ぼくは慌てて沙織の手をとった。

「ううん。もういいんだよ。ぼくだってそのときは頭にきたけれど、もうそんなことは忘れちゃった」ぼくがそう言うと沙織が目のあたりをハンカチでおさえた。

「あーっ、泣かないで。そんな顔見たらぼくも泣きたくなっちゃう。ていうか、ぼくら、今、それどころじゃなくて」

「えっ！　どういうこと⁉　またなんかあったの？」

璃子が声を上げる。ぼくは忍が書き残した紙を財布から取り出して璃子に見せた。その紙を見て璃子が息を呑むのがわかった。

「これって……」

「忍はぼくと別れる気でいるんだ。ぼくはまったくそんな気はないのに」

「その責任は私にもあるね」

沙織が項垂れながら言った。ぼろぼろと沙織の頬に涙が零れる。

「ううん。そうじゃないよ。これはぼくと忍の問題」

ぼくがそう言うと、璃子が立ち上がってキッチンに向かい、なにかを作っている。しばらくすると、温かいココアを入れた三つのカップをお盆に載せて持って来てくれた。璃子は泣いている沙織にココアを飲ませている。そんなことをしている璃子を初めて見た。そもそも、それが沙織だとはいえ、璃子の友だちという存在に会うこと自体初めてだった。

高校のときのことを考えれば、この二人が仲良くなるわけないいんだけど？　とも思ったけれど、ぼくは黙ってココアを飲んだ。泣いていた沙織もココアを飲んで少しずつ落ち着きを取り戻してきた。沙織が口を開く。

「うちの親って政治家じゃん。昭和で時代が止まってるんだよね。うちの兄も子供の頃から政治家になれって親から言われ続けて、結局は今、引きこもりになっちゃった」

「……そうだったんだ」ココアを一口飲んで璃子が言う。

「男は男らしく、女は女らしく、って小さいときからすごいんだよ。それ以外のカップルなんて到底認めないというか……。忍と私もあのまま何もなければ結婚してたと思う。忍の両親もうちの両親も安心してた。だけど……」

ぼくは言った。

「もし、ぼくがあの高校に行かなければ」

沙織が口を開く。

「そんな、もしなんて、ないんだと思う。出会う人にはどうしたって出会ってしまう。出会えない二人はどうしたって出会えない。どうしようもないんだよ」

璃子が続ける。

「海と忍は出会っちゃったんだから仕方ないんだよ。あきらめなよ」

二人にそう言われてぼくは黙るしかなかった。ぼくも少しぬるくなったココアを口にした。とってもおいしいココアだった。沙織が再び口を開く。

「実は……親から聞いた話なんだけど、忍、父親の後を継ぐって言ってるらしくって」

「えっ」ぼくは思わず前のめりになった。璃子が沙織の顔を見ながら話しかける。

「だけど、それって本当は、忍のお父さんが海と……」

「ぼくから引き離す、ため？」

「うん。それもあるだろうし。自分の後を継がせる準備、本格的に始めようとしているんじゃないかな。忍を政治の世界で生きさせるために」

そう沙織から聞かされても、ぼくの中で、忍と政治、そのふたつがどうしてもうまく結びつかない。

「忍が自分からそれをやりたがっているの？」

「そうとは思えないなぁ」璃子が大きく伸びをしながら言った。ぼくも同じ気持ちだった。

「忍のお母さんが病気っていうのは本当なの？」

ぼくの問いに沙織が答える。

「病気って言ったって、大きな病気じゃないと思う。体調悪くて寝込んだりはしてるらしいけれど……女の人はほら、更年期とかあるじゃん。そういうのだと思う。それでも忍は、今、お母さんのこと心配してあの町に戻ってるらしいの」

うーん、と思いながらぼくは腕を組んだ。忍に会わないとだめだ。会って話さないと。ぼくは言った。

「……ぼく、一度、あの町に帰ってみようと思う。とにかくこのまま忍と終わりなんて、信じられないよ。わかってもらえないかもしれないけれど、このままじゃぼく……忍がこのままでいいなんて到底思えないんだよ」

「うん、それがいいと思う」璃子の言葉に沙織も頷く。

ぼくは携帯に目をやった。画面を何度確認してみても、忍へのＬＩＮＥのメッセージは未読のままだ。

ふーーーーと肺の奥深くからため息が出て、同時に泣きそうになったのでびっくりした。慌ててココアを飲み干した。忍に会いたい。忍に会って話したい。忍がぼくとの関係を断ち切ると決めたのなら仕方がない。でも、もしそうなら、忍の口から直接聞きたかった。

人を好きになるって、幸せな気持ちだけで成立していないんだな、と思ったら、途端に怖くなった。誰かを好きになるってことは、本当はとても怖いこと。自分の、だけでなく、相手のいろんな事情をも背負うことになる。そこまでわかっていても、ぼくは忍のことをこのまま曖昧にはしておけなかった。

ぼくは店長にバイトの休みをもらい、その週末にあの町に帰った。

電車を降りて、縮こまった体をほぐそうと大きく伸びをすると、冷たい空気が肺のなかに入ってくる。東京とは違うこの町の冬だ。そのままどこにも寄らずにぼくは美佐子さんのアパートに向かった。忍に送ったＬＩＮＥのメッセージは既読にならないまま、もう十日が過ぎていた。

美佐子さんはまだ仕事から帰っていなかった。思いきって、忍に電話をかける。予想どおり呼び出し音が鳴るだけだ。その場に横になり、膝を抱えて胎児みたいに丸まった。鼻の奥がつん、として涙が流れた。しばらくすると、いきなりドアが開いた。

「ごめん。残業で遅くなった！　すぐにごはんの準備するから。久しぶりに海が帰って来たっていうのに。あれ、海、寝ているの⁉　そんなところでなんにもかけないで、風邪引くよ！」

「……忍と会えなくなっちゃった。連絡もとれない」

言いながらぼくは体を起こした。涙を手のひらで拭う。忍がいなくなってからというもの、ぼくは随分泣き虫になってしまった。

「母さんがいなくなったときも、父さんがいなくなったときも、ごめんだけど、こんなふうに悲しくなかった。だけど、忍がぼくと会いたくないんだ、と思ったら、どんだけ自分が嫌われているのかと思って」

「そっか……。まずはでも、腹ごしらえしよっか。話なら今日も明日もいくらでも聞くし」

美佐子さんはぼくの腕を取って立たせた。洗面所で顔を洗い、美佐子さんの隣でのろのろと夕食の準備を始めた。美佐子さんは何を作ろうというのか、エコバッグの中から大量の食材を次々に取りだし、シンク横の作業台に並べる。二人で暮らしていたときのように、狭い台所で並んで立ちながら、美佐子さんの買ってきた野菜を洗い、刻んだ。美佐子さんが炊飯器のスイッチを押しながら言う。

「そんなに大事なんだねえ。忍君のことが」

「美佐子さんだって、父さんのことが大事だったろ?」

美佐子さんが少し困ったような顔でぼくの顔を見る。

「そうねえ、でも、本当のことを言えば……」

「言えば?」

「緑亮さんより海のほうが大事だったよ。途中でいなくなっちゃったしね」そう言って美佐子さんは笑った。

「海をなんとかしなくちゃ、って、それがいちばんだったよ」

美佐子さんが冷蔵庫のなかから漬け物を出してまな板で刻む。まな板が薄緑色に染まる。

「私はさあ、人生の目標とかなんにも持たずに生きてきたんだよ。みんなが行くから大学行って。したい勉強もないのに。大学出たから就職だろう、って、自分が何をしたいのかも深く考えないで就職して。ほうっておいたら自然に恋愛も結婚もできるだろう、って思っていたけど、それは私の人生では難しかった。そういう人生なんだって、あきらめてもいたの。だけどさ、緑亮さんと会って、海に会って、家族になって。欲しかったものが全部手に入ってしまった」

「欲しかったもの？」

「夫と子供！　お母さんになって子供を育てること！　海と出会ってそれが叶った！」

そう言って美佐子さんは刻んだ漬け物を指でつまんで口に入れた。ぼくも手を伸ばして漬け物を口に入れた。だしと塩味が口のなかに広がる。この町の名物の菜っ葉の塩漬け。その味が懐かしかった。忍が子供のころから食べてきたものだろうと思うと、また、せつなくもあった。

「あ、だけどね。こんなこと言ったら亡くなった緑亮さんに怒られるかもしれないけれど」

「うん」

「この世にもういないんだな、と思ってからのほうが緑亮さんのことは好きかも。随分薄情だよね、私も。だったら生きてるうちにもっと優しくしておけばよかったのに」

ははは、と笑いながら美佐子さんは茹でたじゃがいもを潰す。

「人の気持ちは時間の経過と共に変わっていくものだなあって。人生って自分が思っているより、ずっと長いんだな、って」

「ぼくもこの前思ったよ。人生って長いんだな、って。忍とこんなふうにごちゃっとなってしまってさ。忍が好きな気持ちさえあれば、なんでも解決するんじゃないかと思ってた」

「海はすごいね。ずっと忍君のことが好きで。一途というか」

「ぼくだって、なんだってこんなに忍が好きなのか不思議だし、つらいと思うこともあるんだよ。忍じゃなかったら、もっと楽だったのかも、なんて思うこともあるし」

「出会ったことをなしにはできないもんね」

「そう。絶対に、なしにできない。すごい確率でぼくら出会ったんだ。父さんと美佐子さんだってきっとそう。すごい確率で出会ったんだ」

「海……」

美佐子さんが目を細めてぼくの顔を見上げる。

「なんだか急に大人になったねえ。あんなに小さかった子がいろんなことを考えるようになって」

美佐子さんはじゃがいもを潰していた手を止め、ぼくに向き合う。

「なんでも海が思ったように生きな。なんにも我慢することない。それがたとえ、世間から見て間違ってることだとしても、私だけは海の味方だよ。それはこれからもずっとそう」

言い終わると、美佐子さんは潰したじゃがいもを、手のひらの上でコロッケの形に丸める。ぼくも手伝った。

「ぼく、明日、忍の家に行くよ。わかってもらえないかもしれないけれど、忍に会って言わなくちゃいけないことがある」

「うん。わかった」

そう言いながら美佐子さんが、衣をつけたコロッケを熱した油のなかにそっと入れる。パチパチと弾ける油の泡を見ながら、本当のところ、ぼくは怖かった。明日、もし忍に会えたとして、忍の本心を聞いて、後悔することにならないだろうか、面と向かって拒絶されたら、なんて考えも頭をよぎり、ぼくは頭を振って、それ以上考えることを止めた。


翌日の午後、ぼくは忍の家に向かった。改めて思うけれど、このあたりでも特別にでかい、まるで古いロッジのような家だ。足がすくむ。玄関チャイムを鳴らしても忍の親がすんなりと忍に会わせてくれるとは思えない。忍の部屋は道に面した二階のあのあたり。カーテンは閉まったままだけれど、忍は今、あの部屋にいる、となぜだかそんな予感があった。

道に落ちている小石を窓に向かって投げる。コツン、と音がして小石が窓にあたった。幾度かくり返してみたけれど、反応はない。ぼくは忍にメッセージを送った。

「今、忍の部屋の下にいる」と。

向こうのほうから人が歩いてくる。怪しまれて警察にでも連絡されたらまずい。ぼくは携帯を手に電柱の陰に隠れながら、いったい何をやっているんだろう？　と思った。それでも人が通り過ぎたあとに、あきらめきれずに小石を投げた。反応はまるでなし。次第に夕暮れが近づいてくる。どこかの家から、カレーのにおいがしてきて、おなかがぐーーっと鳴った。

どのくらい時間が経過したのだろうか、あたりをうかがうように窓がかすかに開いたのは、すっかり日が暮れた頃だった。忍がカーテンをめくり、視線を落としてぼくの姿を探している。久しぶりに見た忍の姿がうれしくて、ぼくは大きく手を振った。ここに来て、という意味でぼくは人さし指で地面を指差した。忍が窓を閉める。思わず、待って！　と声が出そうになった。やっぱり忍はぼくに会う気はないのか、このまま帰るしかないのか、そう思ったとき、忍がそろそろと玄関ドアを開けて出て来た。この前と変わらず、ひどくやつれている。その原因はぼくにある、そう思うと苦しくなった。上着も着ていない。足元はサンダルだった。ぼくと長く話す気はないのだろうか。早く言わなくちゃというように忍がうつろな目で口を開く。

「海、僕はこれからも心を隠して生きていく。僕じゃなくたって、海には合う相手がたくさんいると思う。だから海とはもう」

「忍は本当にそう思っているの？」抑えていたのに、大きな声が出てしまった。

そのとき玄関のドアが開いた。忍の父が顔を出している。

「忍？」

その声を聞いてぼくは忍の手をとって走りだした。忍は一瞬、抵抗する素振りを見せたが、ぼくの勢いに押されて一緒に走りだした。

「忍！　忍！」

忍のお父さんの声を背中で振り払うようにぼくらは駆ける。忍が振り返って叫ぶ。

「父さん、ごめん。海と話をしないと。家にはちゃんと戻るから！」

そこからは二人全速力で走り出した。サンダル履きの忍は走ることさえ久しぶりなのか、途中で転びそうになったが、ぼくが腕を貸して忍の体を支えた。町を出て、足は自然に湖に向かっていた。ひと目のないところで二人の話をしなくちゃいけないと心に決めていた。ぼくのアパートでも、と思ったが、今日は美佐子さん抜きで忍と話がしたかった。

湖が見えてくる。夜の湖は少し怖い。向こう岸に隣町の繁華街の灯りが見えるけれど、ぼくらのまわりには心細い街灯があるばかり。それでもどちらからというわけでもなく、岸辺の壊れかけたベンチに腰を下ろした。息は白い。ぼくはコートを着ていない忍のためにマフラーを外して、忍の首にぐるぐると巻いた。忍が抵抗するように、それを取ってぼくの膝の上に載せる。岸辺に寄せる小さな波の音と風の音だけが聞こえる。忍は立ち上がり、湖に向かって口を開いた。風にまぎれてしまいそうな小さな声だった。

「ねえ。日本にはさ、自分みたいに生きている人が多分、今もたくさんいるんだよね。カミングアウトできるかどうかなんて、それも親ガチャっていうか、環境ガチャみたいなもんなんじゃないの。海は当たりだった。自分は外れだった。海はありのまま、自由に生きていける。僕は自分を偽りながら生きていくしかない。来世に期待するよ」

ぼくは思わず立ち上がり、忍に向き合った。忍の腕をとってぼくは言う。

「忍！　来世なんてないよ。人生なんて一回きりしかないよ！　死んだことないからぼくわかんないけれど多分そうだよ！」

ぼくの言葉に忍が顔を背け、俯く。ぼくの腕をふり払う。それでも口を開く。

「自分は海みたいに生きる勇気もない。そんな弱い人間なんだよ。一人じゃ生きられない。父に頼って生きている。それに本音を言えば、父さんにも母さんにも妹にも、誰にも迷惑かけたくない。そういうずるい人間なんだよ」

「ずるくないよ。忍は自分のことより、家族のことを先に考えるからだよ。ずるいんじゃなくてやさしい人間なんだよ」

ううん、と忍が首を振る。

「僕がこんなだから、父さんの仕事も僕が継がないといけないと思っている」

「こんな、ってどういうこと？　ひどいよ。ぼくに対しても忍に対しても……」

「僕がこんな人間でも、父さんは自分を家から追い出さなかった。大学に行かせてくれて、生活の面倒をみてくれて……。父さんの仕事の意義だって少しはわかっているつもり。だから、そんな父さんを困らせたくない。父さんには恩返しをしないといけないんだ。自分が今できることはそれだけなんだよ。僕はね、海みたいに、これが自分だ、って胸を張って生きていくこともできない。海は太陽みたいだよ、僕にとって。自分は石をひっくり返したらその裏にいる虫みたい。永遠にわかりあえないところで生きてる二人だろ」

「なんでそんなに自分のことを卑下するんだよ！　悪く言うんだよ。そんなふうに言われたら、忍のことが好きなぼくの気持ちはどうなるの？　お父さんのこともお母さんのことも考えてがんじがらめになって。だけどぼく……」

「だけど？」

「だけどぼく、忍には忍の人生を生きてほしいんだよ」言いながら胸が詰まった。

「海の人生みたいに簡単にはいかないよ。緑亮さんみたいな父親じゃないもの、うちは」

鋭く冷たい空気が頬を撫でた。

「ちっとも簡単じゃないけどね。それに父さんはこの前亡くなったよ」

「えっ……」

忍が驚いたまま、ぼくの目を見つめる。

「生きたいように生きて、それで死んだ。世間的にはまるでだめな人だったかもしれないけど、ぼくにとってはいい父さんだったよ。……子供のころ、その父さんも、本当の母さんもぼくの前からいなくなって、なんで生んだんだ、って思ったことだってあるよ。でも、そんなことはぼく、もうどうでもいいんだ。あの二人がいなかったらぼくはここにいないし、忍とも出会ってないんだから。誰かから見たらぼくの人生は、かわいそうに見えるかもしれないけれど、ぼくはそうじゃないからね。……ねえ、忍の人生はいったい誰のものなの？」

「…………」

「残酷なことを言うようだけれど、忍のお父さんがいなくなったら、忍はそこから自分の人生を生きるの？　忍はいくつになっているの？　そんなんじゃ遅いよ。今、ここから始めようよ」

「……今から？」

「ぼくたちもう子供じゃない。忍の大学の学費だって、生活費だって、ぼくのほうが先に就職するんだから、忍を助ける。忍のために働く。忍も自分の力で大学に行って生活するんだよ。そうしている人だって、たくさんいるだろ？　できないことじゃない」

忍が暗闇のなかでぼくの目をとらえる。

「それにぼく、お父さんとお母さんを捨てろなんて、言わない。二人とも忍にとって大事な人だろ？　今はわかってもらえないかもしれないけれど、わかってもらえるように伝えようよ。一度じゃきっと無理だよ。だから何回も何回も何回も伝えていこうよ」

「…………」忍の瞳が揺れる。

「ぼくたち、本当にこれで終わりなの？　こんなことで終わってしまっていいの？」

忍の顔がくしゃりと歪んだ。忍が首を振る。絞り出すような声で言う。

「……いやだ、いやだ」

そう言う忍の体にぼくは手を伸ばした。もう一度、忍の腕をつかむ。忍の体を抱き寄せる。忍の肩に顔を置いて言った。忍は抵抗しなかった。忍の浮き出た肋骨がぼくの胸にあたって悲しかった。それでもぼくは言った。

「東京で、ぼくら二人で暮らそう。もう一回あの町に行こう。二人で小さな部屋を借りよう。忍の人生を生きよう。カミングアウトなんてしなくたっていいんだ。それが誰かを騙していることになるなんてぼくは絶対に思わない。忍が生きたいように生きればいいんだ。ぼくがそれを支える」

忍から涙のにおいがする。

「……僕にそんなことができるだろうか？」

「できるよ。ぼくがそばにいるんだから。きっとできるよ」

忍の暗い瞳にかすかに光が射したような気がした。

「笑わないで聞いてくれる？」忍が口を開く。

「もちろん」

「父さんの仕事を継ぎたいと思ったのは……本当は……」

「うん」

「自分と海みたいな子どものことを考えたからなんだ。自分たちが高校のときに背負ったあの重さやつらさを、自分より後に生まれた子どもたちに背負ってほしくはないんだ」

忍が言葉を続ける。

「自分に何ができるのか今はまだわからないし、失敗する可能性だってある。本当のことを言えば、それに挑戦することだってすっごく怖いんだ。だけど、もし、失敗したとしても、……海は僕のそばにいてくれる?」

ぼくは忍の首に腕を回して言った。

「忍なら絶対にできるよ! できないはずがないよ! ぼくは何があったってずーっと忍のそばにいるよ」

「海と離れたくない……」

忍が聞こえるか聞こえないかくらいの声でそう言って、ぼくは自分と忍のマスクを外し、キスをした。さりげなくしたつもりだったけれど、そううまくはいかなかった。勢いあまって歯と歯がぶつかって、思わず二人で笑った。忍が笑ってくれてうれしかった。笑顔を見るのはいつぶりになるんだろう。今度は忍がぼくにキスしてくれた。唇が触れあっているだけなのに、どうして体の細胞全部が震えるみたいにうれしいんだろう。理由はひとつしかない。だって、忍が好きだから。

キスしたまま、忍のすっかり痩せてしまった体を、ぼくはもう一度抱きしめた。東京に帰って二人でやり直すんだ、とぼくは心を決めた。ぼくの作ったものを食べさせる。風呂に入れる。忍のために働く。それが大変なことだっていうのは易々と想像がついた。それでもぼくはその道を選んだ。忍と離ればなれになる以上の苦しみなんてぼくにはないからだ。忍とずっと一緒にいたいからだ。

ぼくらはしばらくの間、そのベンチに座り、二人くっつきあって湖を見ていた。くり返し、抱きしめ合い、見つめ合って、キスをし、寒さに耐えられるだけそうしていた。

けれど、初冬とはいえ、このあたりの寒さは厳しい。我慢できずにぼくらは歩き出した。高校のときに駅伝で走った道だ。あれからどれだけの時間が経ったんだろう。ほんの数年前のことなのに、長い長い時間が経ったような気がした。しばらく手を繋いで並んで歩いていると、ふいに忍がしゃがみ込む。驚いて、ぼくもしゃがんだ。

「どこか痛いの？　足？　おなか？」

「違う違う。今度は僕が海を背負う」

「ええっ、大丈夫？」

「おんぶしたいんだ、海を」

忍の目はあくまでもまじめだ。ぼくは忍の背中側に回り、首に手をかけてそっと体を預けた。ふっ、と一回息を吐いて、ぼくをおんぶして忍が歩き出す。楽々、という感じではなかった。それでも、忍の背中はあたたかかった。こんな広い背中だったろうか。この背中にいろんなものを（多分ぼくよりいろんなものを）背負って、さらにぼくのことも背負おうとして、忍は歩いている。

「忍……」

「ん？」立ち止まって忍がこちらに顔を向ける。

「交互におんぶだ」

忍の背中から降りて、今度はぼくが道にしゃがんだ。

ぼくの背中に忍が体を預けるまで少し時間がかかった。それでもあの日の駅伝大会のようにぼくは忍をおんぶした。忍の体の軽さで心がせつなくなったけれど、減った分の体重はぼくがすぐに戻してみせる、と心に誓った。しばらく歩いたところで忍はぼくの背中から降りた。ぼくは忍の手をとり、力をこめて握った。少し不気味な鳥の鳴き声が聞こえる夜の道を、ぼくらは並んで歩いた。

しばらくすると、地平線のすぐ上の空が、本のページがめくれていくように、黒から紺へ、そして青へと、少しずつ色を変えていった。

また一日が始まる。忍と二人で過ごす今日が。

途中、爆音がしてバイクの集団が通り過ぎていった。通り過ぎていくときに、馬鹿みたいな、ゴミみたいな、いくつもの下卑た言葉を投げつけられる。ぼくらが高校のときに皆に言われてきたような言葉だ。世間っていうところはあの頃からなんにも変わっていやしない。

「それが悪いのかよ！」ぼくは思わず叫んだ。隣の忍は驚いて目を丸くしている。

「高校のときだって、そう言ってやればよかったな」ぼくが言うと、

「僕ら、まるでいないみたいに息をひそめて生きてた」と忍が言った。

忍が言葉を続ける。

「なんにも悪いことしてないのに」

「ばーか、ばーか」と、もう見えなくなったバイクの集団に向かって、くり返すぼくを見て忍が笑った。

空の一箇所にセーターの小さな穴ぼこみたいなところができていて、そこからみかん色の光が漏れ出している。

朝だ、とぼくは思った。鳥たちの囀《さえず》りも朝が来たことを告げている。

もう湖を半周しようとしていた。ぼくらは歩くことをやめなかった。

始まったばかりの今日は昨日とはまったく違う日のように思えた。

ぼくらは手を繋いだまま、水のある場所まで近づいていった。

水面は今、顔を出したばかりの太陽の光をとろりと照り返していた。こんなに近くで、こんなに朝早く湖を見たことはなかった。水は青いようにも透明なようにも見えた。湖底

の石がここからでも見える。湖はまるで海のように、ぼくらの足元に小さな波を寄せる。

このあと、ぼくらの人生に何が起こるかなんて誰も知らない。多分、それは人より少し大変で、ぼくや忍はそこから逃げ出したくなるかもしれない。

だけど怖くない。忍がいるから怖くない。出会ってしまったから全力で愛するだけ。

そう、ただそれだけなんだ。

太陽が少しずつ空に上がっていく。忍とぼくは二人手をつないで、目をつぶったまま、そのあたたかさが体に沁みていくのを、ただじっと感じていた。

初出
週刊文春ＷＯＭＡＮ ｖｏｌ．13 ２０２２春号～週刊文春ＷＯＭＡＮ ｖｏｌ．18 ２０２３夏号

窪美澄（くぼ・みすみ）

1965年東京生まれ。2009年「ミクマリ」で女による女のためのR-18文学賞大賞を受賞。受賞作を収録した『ふがいない僕は空を見た』が、本の雑誌が選ぶ2010年度ベスト10第1位、2011年本屋大賞第2位に選ばれる。また同年、同作で山本周五郎賞を受賞。12年『晴天の迷いクジラ』で山田風太郎賞、19年『トリニティ』で織田作之助賞を受賞。22年『夜に星を放つ』で直木賞受賞。その他に『やめるときも、すこやかなるときも』『じっと手を見る』『夏日狂想』『夜空に浮かぶ欠けた月たち』『ルミネッセンス』など著書多数。

ぼくは青《あお》くて透《とう》明《めい》で

二〇二四年一月一五日　第一刷発行

著　者　窪《くぼ》美《み》澄《すみ》
発行者　花田朋子
発行所　株式会社　文藝春秋
〒一〇二-八〇〇八
東京都千代田区紀尾井町三番二十三号
電話　〇三-三二六五-一二一一

印刷所　大日本印刷
製本所　大口製本
DＴＰ　言語社

ISBN978-4-16-391793-1